吉本芭娜娜作品集⑧⓪③

哀愁的預感

吉本芭娜娜＝著

吳繼文＝譯

ISBN 957-13-1933-3

哀愁的預感

哀愁的預感

☆

那棟獨門獨院的房子坐落遠離車站的住宅區。由於位在大公園的後方出口，總是被一片喧嘩的綠意所包圍，雨後整個住宅區更會籠罩在濃厚的森林氣息中，教人喘不過氣來。

我曾經在阿姨長期獨居的那棟房子裏，待過短短幾天。日後想起來，那眞是最初也是最後的一段貴重時光。每次憶及，總是充滿莫名的感傷。才多久的時間，那些日子已經化作塵煙，成爲夢幻般的存在。

我悼念著與阿姨一起度過的那些透明時光。我覺得我們很幸運能夠共同擁有那段完全出之於偶然，由時光之縫隙產生的空間。眞的很好。正因爲已經結束了才顯出它的價値，也正因爲不斷地往前變遷才感到人生的悠長。

我清楚記得。老舊木材所做的玄關拉門上裝有古銅色的門鈕。庭院裏的野草長得又高又茂盛，和半枯的大樹一起鬱鬱蒼蒼遮蔽著天空。蔦蘿爬滿深色的屋牆，龜裂的玻璃窗上無造作地貼著些膠布。地板上永遠有一層灰塵，在晴日透進來的光中時而飄浮時而沉寂。所有東西都恰如其分地散置著，壞了的燈泡也沒換新。那是一個沒有時間的所在。一直到我去到那邊為止，阿姨都是過著孤寂的獨居生活。

她在私立高中擔任音樂老師。已經三十歲了還是單身，不知道從什麼時候起就一個人過日子。你可以想像她是一位「未婚而不起眼的音樂老師」，她早上上班時的樣子就是最好的寫照。永遠端整地穿著鼠灰色套裝，完全沒有化妝，頭髮用條黑色鬆緊帶束著，腳上套一雙半高不高的高跟鞋，在晨霧未散的路上快步走著。這種人見過吧，臉長得非常好看，可就是一副沒氣質的樣子。我只能想像阿姨大概是照著《如何看起來像個音樂老師》的手冊打扮的。因為阿姨平時沒事在家大剌剌穿著像睡衣一樣的休閒服時，充滿一種出塵的美，好像換了個人似的。

阿姨的生活只有兩個字可以形容：怪物。她一回家就換上睡衣，赤著腳。然後無所事事，一整天就在那裏剪剪指甲、修修腿毛。有時她會連續幾個小時茫然地看著窗外，有時就在走道上躺著躺著睡著了。讀到一半的書也沒闔上，洗好的衣物就在烘衣機中放著，想吃就吃，要睡就睡。看起來除了自己的房間和廚房以外從來沒有打掃過，我剛到的時候，客房眞是髒得可以。只好來個大掃除，一弄就弄到深夜。阿姨可是一點罪惡感也沒有，還說「因爲來了稀客」，三更半夜一個人忙得滿頭大汗，烤了塊大蛋糕。她就是這麼一個脫線的人。等我掃除完畢，兩個人吃蛋糕的時候，已經是拂曉，天空泛白。就是這樣，在那邊是沒有所謂生活秩序這檔子事的。

儘管如此，或許是阿姨長得美，反而讓這一切都顯得很迷人。的確阿姨是天生麗質難自棄。當然比阿姨長得好看的人多的是。我所說的美指的是映現在她生活上、動作上，或在做什麼事的時候一些微妙表情反應所產生的一種「調調」。它們是如此不可思議地和諧，好像直到世界末日都不會改變似的。所以阿姨不管在做什麼都有一種特異的美感。她所發散出來的虛無但明朗的光充塞了周圍的空間。當她慵懶地闔上長長睫毛時看起來有如天使讓人眼睛一亮，她在地板上伸展移動的足裸完美一如雕像。在那棟又髒又舊的房子裏，似乎一切都隨著阿姨的一舉一動而起舞。

那個夜晚，不管我從外頭怎麼打，阿姨的電話就是沒人接。雨下個不停，我懷著不安的心情朝阿姨家走去。綠色樹叢在黑暗中一片朦朧，嗆人的夜風中似乎隱含著些微孤獨的氣息。我肩上背著一只大旅行袋埋頭前行，由於太重而走得踉踉蹌蹌。多麼暗的夜。

從來，我一有什麼事想不開就會離家出走。對家人不告而別，在朋友的家中輪流借住。這樣下來，頭腦會比較冷靜，很多事情就想開了。最先爸媽沒有一次不生氣，等進了高中後他們就放棄了，所以像這樣突然出走並不是什麼稀奇的事。只是會選擇阿姨的家，現在想起來還是有點不可思議。

我和阿姨並沒有特別的交情，除非是親戚全部出動的大聚會，我們也很少見面。可是說不清怎麼回事，我對怪物般的阿姨頗有好感，而且我們之間還共同擁有一段小小的往事。

☆

那時，我還是小學生。

外祖父葬禮的早晨，隆冬陰翳的天空好像隨時都會降雪。我記得很清楚。我縮在被窩中透過紙門凝視亮晃晃的天色。窗子旁邊掛著當天葬禮要穿的喪服。

走廊上不斷傳來媽媽講電話的聲音，有時則因哽咽而停下來，我還小，對死亡還不太有概念，而媽則充滿深沉的哀傷。不時還會聽到一些大聲的奇怪對話：

「什麼，你等等！你怎麼可以……」

一陣沉默後，又聽到媽媽「雪野（Yukino）這個人真是……」的喃喃聲。我立刻知道，一定是阿姨不來參加葬禮。

前一天晚上，守靈的時候我遇見阿姨。她的德性和周圍的人就是不搭調。在母親一大羣兄弟姊妹中，就數她最年輕，一個人默默站著什麼也不做。我第一次看她穿得這麼正式。對她而言不過是一套喪服，可是看起來是那麼美，美得教人張口結舌。黑色的洋裝，袖子上還有洗衣店的號碼牌，媽幫她拿掉時她一點也不會不好意思，連抱歉的笑容都不裝一下。這時她倒是悲痛地低下頭來。

我本來和家人站在一起，看著弔祭的人來來去去，這時不禁瞪著阿姨直看。她把下眼瞼畫得黑黑的，嘴唇則泛白，在黑白的對比中，我有如看見了透明的幽靈。門口的接待處放著一座大煤油暖爐，熱氣在黑暗中釋放。冷冽的夜裏，煤油轟轟燒出紅色的火光，映照在阿姨的雙頰。所有的人都在那裏一邊交談一邊用手帕擦著眼睛，沉重而充滿騷動的夜裏，只有阿姨是靜止的，與黑暗溶爲一體。頸上掛著珍珠項鍊，手裏什麼也沒拿，眼瞳映著爐火閃閃發光。

——我想，她一定是強忍著不哭出來。死去的外祖父最放心不下的，就是獨居的阿姨，外祖父非常疼她。外祖父母和阿姨住得很近，應該是常有往來吧。年幼的我雖然只知道這些，但看著佇立一旁凝視黑夜的阿姨，都能感受到那悲痛有多深。是的，我對阿姨特別有感應。不太說話的阿姨只要有點什麼小動作、眼光呀、表情啦，我就立刻知道阿姨是高興、無聊或生氣。每當媽媽或其他親戚半帶心疼半是無可奈何地說「眞不曉得這孩子到底在想些什麼」時，我都會覺得不可思議。爲什麼他們都不瞭解？爲什麼我卻是這樣淸淸楚楚？

正這樣想的時候，阿姨突然流下淚來。一開始只是靜靜地流著，不久就抽搐起來，然後變成大聲號泣。只有我看到這些變化，而且理解。旁邊的人嚇了一跳，趕忙將阿姨攙扶到裏面。但是周圍的人並沒有從頭到尾看著這些變化。他們只是驚訝。只有我目睹整個過程，而且瞭解她。我心裏面有一種奇怪的自信感。

聽說阿姨那天早上只說「告別式我不去了，我要出去旅行」就把電話掛掉。不管媽接下來怎麼撥，都不再有人接聽。葬禮就在阿姨的缺席中舉行，之後，媽又不知撥了多少次電話還是不在。好幾天都聯絡不上，媽只好放棄，有氣無力地說：「一定到很遠的地方去了，過一陣子再打吧。」

葬禮的次日，我直覺阿姨一定在家，一個人跑去找她。我雖然未滿十歲，行動卻很果決。只因爲媽不斷地試撥電話，而每當她嘆口氣放下話筒時我都有一種強烈的直覺：「人一定在，不接電話罷了。」我就是想去證明一下。

我背著書包，搭上電車。飄著細雪的冷冷黃昏。心跳得很厲害，還是要去看看。阿姨的家在剛入夜的天色中黑黑地聳立眼前，雖然心裏仍然有點不安，認爲阿姨恐怕眞的出門去了，但還是按了門鈴。像是祈禱，我一次又一次地按著門鈴。不久，門後面傳來一絲微弱的聲響，我知道阿姨已經屏息站在門後。我說：「我是彌生（Yayoi）。」

咔嚓一聲，門開了，形容憔悴的阿姨不敢置信地瞪著我。她的眼睛又紅又腫，一定在陰暗的屋子裏哭了又哭。

「來做什麼？」阿姨問。

我害怕地囁嚅道：

「我想，您一定在家。」

就只能說出這樣一句話。

「進來吧。不過，不可以對媽媽說哦。」

阿姨輕淺一笑。她穿著白色睡袍。對第一次單獨拜訪阿姨的我而言，這棟房子裏面是多麼荒涼而寒冷。

她帶我上去二樓的房間，大概只這間有暖爐吧。房裏有一架黑色大鋼琴。她用腳把一大堆東西掃到兩邊，然後放一個坐墊說：「坐吧，我去拿點喝的。」就下樓去了。

窗外變成雨雪交加，砰砰打在玻璃上。阿姨家這邊的夜晚來得特別安靜特別黑，讓我感到驚訝。實在無法想像一個人怎麼能夠長期住在這種地方，越想越不舒服。老實說眞想早點回去。這時——

「彌生，可爾必斯喜歡喝嗎？」

說著人就上來了，我看她紅腫著雙眼，心裏很不忍，只能回答「嗯」就把熱的可爾必斯接了過來。

「我向學校請了假，一直在家昏睡。」

由於已經沒有坐的地方，阿姨就在床上坐下，然後第一次展現笑容。我這時才放下心來。對於阿姨爲什麼不和外祖父母一起住而獨居在這棟老朽的屋子，我完全不知道。但我總覺得阿姨是在外祖父過世後才第一次感覺到完全的孤獨。因此，被阿姨當作大人來對待的我，這時眞想向她說點什麼。

「媽媽說我旅行去了對不對？」

「嗯。」

「我還在這裏，不可以向別人說哦。那些大人我一個也不想見到。很囉唆的，你也知道。」

「嗯。」

阿姨那時在音樂大學修學分。書架上擺滿了大量樂譜，譜架還有一冊是打開的。開著檯燈的書桌上則亂無章法地堆著些報告用紙。

「您在練習鋼琴?」我問。

「對啊。」阿姨看著樂譜架微笑回答：「擺好看的啦，你看，上面還有一層灰塵呢。」說著站起來走到鋼琴旁邊。她用手把琴蓋上的落塵抹掉，打開琴蓋，然後坐到演奏椅上。

「彈個什麼吧。」

向晚的屋中有如永恆般寂靜。我輕輕答了一聲，阿姨不看譜面就彈了起來。她只有在彈琴時才會挺直脊梁，臉則隨著手指的移動而搖擺。外頭的風聲與雪聲和琴韻交雜，教人恍如置身一個不可思議的未知世界，一時像在夢中。我頓然忘卻外祖父的死亡以及阿姨的傷感，全神貫注在樂音裏。

曲子終了，阿姨輕嘆道：「好久沒彈了。」

說完闔上琴蓋，對我微微一笑。

「肚子餓了嗎？」

「我偷偷來的，再不回去不行了。」我說。

「說得也是。」阿姨點點頭，又說：

「到車站的路，知道怎麼走嗎？我穿著睡衣不太方便送你。」

「沒關係。」

我起身，經過走道，一步下樓梯迎面就是一陣徹骨寒氣。

「再見。」

我穿上鞋子。本來有很多話想跟阿姨說的，可是一旦來到離羣索居的阿姨面前，卻又一句話也說不出口，不禁悲從中來。可是那時的我已經竭盡所能了。

剛踏出玄關，阿姨叫住我。

「彌生。」

靜寂之聲，帶著餘韻。我返身看著阿姨。我走後她又要回到陰暗的房子裏度過長夜。都是因爲我來，才會凸顯我走後的孤寂。背著走廊的燈火，我能清楚看見的只有阿姨皎白的裸足，還有她奇異的眼神。一種欲言又止，像是凝視著遠方充滿深沉幽光的眼神。

「彌生，眞高興你來。」

阿姨說著，露出淡淡的笑意。

「哦。」

我想我的來意已經傳達了。阿姨完全瞭解。我揮揮手，告別阿姨，在冷冽的夜裏急忙忙趕回家。太晚回家著實被媽數落了一頓，但去了哪裏我半個字也沒有吐露。我覺得這件事不可以對任何人講。

☆

在阿姨家那麼短暫的一段浮光掠影，卻深深銘刻在心。飄浮著獨特色調的空氣，還有在阿姨周圍那遲緩的時間之流。思念之情壓迫著我的胸臆有如火燒。

不久，樹叢的間隙出現了阿姨家白色牆壁。當我看到窗戶透著微弱燈火，不禁鬆了口氣。阿姨畢竟在家。我站在院門外，打開因殘留大量水滴而閃閃發光的生鏽鐵門，然後按下門鈴。稍感緊張的我，不久就聽到屋子裏面漸行漸近的腳步聲。阿姨站在門後問道：

「請問是哪一位？」

「是我，彌生。」

我一說完門立刻打開了。

「唉呀，好久不見。」

阿姨邊說邊微笑看我。她的大眼睛深邃而清澈，端正的淺色雙唇，描繪出親切的笑容。我像作夢一樣注視著這一切。

「抱歉來得很突然。我打過好多次電話。」

我邊說邊把背包卸下放在玄關的石階上。

「啊，電話是嗎，聽是聽到了……怕麻煩於是就……抱歉抱歉。」阿姨看到我的背包就笑。「請進。這是什麼？剛結束旅行啊？」

「嗯，怎麼說呢。我會盡量不打攪您，能不能讓我住幾天？」我說。

「哇，離家出走耶！」

阿姨睜大了眼睛。雖然我那幾句話說得有點遲疑，可是心中卻有十足的自信與把握。沒問題，她一定會讓我住，我們一定會處得很好。

「……不行嗎？」

再一次我輕輕問道。

「好啊，本來就可以啊。你也知道這裏有空房子，想來就來，想住就住吧。」

阿姨一開始眼神有些木然，接著就是很明朗的語氣。

「來，進來，不要被雨淋濕了。」

於是，我被讓進了屋裏。

低迴的雨聲，沉澱的夜色。進到屋裏門關上後的靜寂空間。踩著地板穿過走道，前往廚房。阿姨在古舊的爐子上將水燒開，爲我沏了壺紅茶，她白色睡袍的身姿在牆上留下長長的影子。阿姨沒再追問什麼，屋子裏瀰漫著茶香，我把手肘靠在桌子上，突然有「我只是想再來一次而已」的念頭。我自以爲是地感到似乎瞭解了一切。心情既高興又激動眼淚幾乎掉下來，我覺得自己很不可思議。我知道我來對了。

事隔多年，我終於又聽到阿姨的琴聲。和以前完全一樣，輕柔悠揚。曾有一個多雲的午後，我從廚房的窗子有如目睹自二樓阿姨房間流洩出來的優美樂音，穿過庭院的樹叢，消失在灰色的空中。我在那段生活裏第一次感知到聲音有時是看得見的。也許，那時我所眺望的是更教人憶念的事物。如此優美的旋律，似乎不斷在召喚一個同樣可以看得見聲音的洋溢甜美感覺的昔日。我閉上雙眼，豎耳傾聽，有如置身綠色的海底。我看見世界在亮晃晃的綠色中發光。水流舒緩而透明，再痛苦的事情，也都像魚羣輕掠過肌膚。前行復前行，就這樣獨自迷失在遠方的潮流，突然有一種悲哀的預感。

十九歲那年，初夏的故事。

那天是星期天，媽從早上就在院子裏整理盆栽。一旁幫忙的爸爸一下爆出個大笑，一下來句抱怨，聲音一直傳到仍躺在床上的我這裏。如果我現在就起床，可以想像一定會被叫去幫忙，然後爸爸就找個藉口溜掉……想著想著我又睡著了。

我們搬回到改建後面目一新的家中已經快一個禮拜了。早上睜開雙眼的瞬間陌生的天花板突然映入眼裏，總覺得有點怪怪的。家裏面到處充滿油漆和原木的味道，讓人很難適應，搬回來之後，我有說不出的憂鬱。好像自己內部開始發生變化，也好像有個記憶呼之欲出。……那種情緒在腦子裏一直揮之不去。

很奇怪我沒有一點點幼兒期的記憶。不管是在腦海裏，還是照相簿子裏，完全沒有。說來確實有點反常。但這種反常在日常生活中並不特別明顯，而人總是向前看的，所以漸漸也就淡忘了。

我的家除了我之外，還有爸爸、媽媽，和小我一歲的弟弟哲生（Tetsuo）。家裏的感覺，就好像史蒂芬・史匹柏(Steven Spielberg)電影中常見的幸福家庭一樣一片祥和。爸爸在一家企業中擔任員工診所的醫生，結識了當護士的媽媽，兩人結了婚。家裏永遠是沐浴在有節制的活潑氣氛中，桌子上四時鮮花不斷，理所當然地有自家做的果醬、醃菜，燙得筆挺的衣服、高爾夫球用具和上等的醇酒。勤奮而能幹的母親把家中整理得井井有條，也把我和哲生撫養長大；我又有一個單純而率眞的父親。雖然是這樣一個幸福得無以復加的女孩，可是不時卻會有一個奇怪的念頭浮現腦海。

「除了童年時代的記憶之外，我一定還忘卻了什麼重大事件。」

吃晚飯的時候，或是看電視的時候，很容易就會觸及童年的話題，那是包括我和哲生雙方的有趣回憶……第一次在動物園看到獅子的事，跌倒咬破嘴唇流了很多血因而大哭的事，我老是惹哲生哭泣的事……爸爸和媽媽語氣是那樣自然，笑容中看不到一絲陰影，我和哲生總是聽得大笑不已。

但是，心裏面似乎有什麼在那邊蠢蠢欲動。一定欠缺了什麼，一定還有些什麼。說不定這全都是我的胡思亂想。對大部分的人而言，忘掉童年的記憶是很自然的事。雖然如此——當我月夜站在明亮的月光下，就會突然不知所措起來。當我在風中仰望遠方的天空，就感覺到有些模糊的記憶呼之欲出。它明明近在眼前，可是一專注，它就倏地消失無蹤。一直都是這樣，而這種疑問，在舊家改建期間暫時租賃的屋子裏發生過一件怪事後，越發強烈起來……

「彌生！中午了該起床啦。」

爸爸的聲音自樓梯底下響起，沒辦法只好從床上起來走下樓梯。爸爸正在玄關口上穿慢跑鞋。

「原來是自己想逃走，才把我硬是叫起來當替死鬼。」我說。

「不管怎麼說都已經是中午了。我的責任已盡，底下就拜託你啦。」爸笑著說。大概是頭髮覆蓋著前額的關係，禮拜天的父親看起來總是年輕些。

「去散步？」

「嗯，想溜出去走走。」

說完爸就出去了。他最近迷上散步，不久之後就會有一隻人家送的小狗來給他作伴。聽說是養一陣子就會變得又高又大的外國品種。全家人也都興奮地期待著。

打開起居室的門，站在面對庭院的落地窗前面，可以看到媽媽戴著工作用粗棉手套在那裏埋首整理花木。

我從冰箱中拿出鮮奶，又把土司在微波爐裏加熱，吃已經不早的早餐。睡過頭人反而有點昏昏的。廚房邊的小儲藏室裏，哲生正專注地鋸著木板。

「吵死了，你在幹嘛？」

我一邊咬著土司，一邊走近哲生。在鋪開來的報紙上疊著好幾片木板，旁邊放了一罐油漆，鋸木板的聲音嘎嘎作響。

「給狗蓋房子啊。」

哲生說著，用下巴指指腳邊布滿木屑的設計圖。

「就是人家要送的那隻，還很小不是？」

我拿起設計圖，被狗屋規模之大嚇了一跳。

「很快就會長得又高又壯的。」

哲生仍很努力地鋸著。

「大小通吃對不對？」

「彌生，你頭腦眞好。」

他頭也不抬笑著說。我彎下腰來看看他正曝曬在陽光中的半完成品。我眞的很喜歡這個弟弟，他一向就是人見人愛。我們感情之好，很多人看了都不相信這是一對姊弟。雖然表面上我對他沒什麼正經，但內心卻尊敬極了他對人對事一種無邪的熱情。他天生具有一種不認輸的倔強和樂觀，什麼事都敢無畏地勇往直前，雖然是面臨大考的高三生，但沒有人會爲他擔心。看他高高興興地買了一大堆模擬試題，然後遊戲般從頭一題一題地解，考上合乎他實力的大學似乎是那樣理所當然。煩惱來的時候就動手做這做那，向來，我都很羨慕他。雖然他單純得有時不免銹斗，但實在是個特別的少年，父母和親戚一致同意這點。如果說有人天生擁有純美靈魂和高貴品格的話，那人就是哲生。

「彌生，拿尺給我好嗎？」

「是，遵命。」

我從報紙堆底下找出皮尺拿給他。

「怎麼，你還沒從失戀的悲痛中恢復啊，禮拜天在家裏睡懶覺？」

他說的是我和他一個單戀我的朋友分手的事。

「沒這回事，就是想睡覺而已。那件事早忘得一乾二淨了。」

我邊幫他壓著皮尺的一端說道。

「嗯……，」哲生一邊用簽字筆在木板上作記號邊說道：「也好，反正那傢伙已經搬家了，你們也很難再繼續下去。」

「對啊，在九州耶。」我說。

我和他那個朋友只見過兩三次面，由於沒有特殊好感所以分就分了不很在意，不過我並沒有對他詳細說明過。倒是哲生因爲當事人是他朋友而對我有些過意不去。在午後的陽光中，對他的這份心意突然產生一種強烈的幸福感。有點心虛卻異常甜美的幸福感。我想只要不說破他就會永遠地安慰我。

「哲生，你眞行。」

「什麼？」

「蓋狗屋啊。像我，絕對畫不出狗屋的設計圖。想都不敢想。」

「因爲有小狗要來嘛。這東西早晚要做，要不然這麼麻煩的事我也是敬而遠之的。」

哲生指指木板。

「那些東西也是。」

哲生開始收拾鋸子，噪音也就停止了。我站起身，趿著雙拖鞋走進庭院。

媽看到我就說：「彌生，幫幫忙。」

草坪已經修整得很漂亮，在陽光下盡情呼吸。媽正在掘一個圓坑準備移植一棵原來種在大花盆的樹木。

「好啊。」

我說著走到媽身旁。媽擦擦汗笑道：

「因爲多了間狗屋，所以院子裏的樹需要重新調整位置。」

「房子整修好了，庭院看起來也煥然一新呢。」我說。

溫和而透明的陽光，正照著房子新塗的淺棕色外壁。經過媽媽這一整理，庭院裏的樹木有如變魔術般各得其所並開始呼吸。媽把花盆中取出的樹木根部的土輕輕地剝掉，手上、臉上都沾滿了泥沙，表情卻是愉快的。我一邊除草，一邊看著遠處家中落地玻璃窗彼方正在釘狗屋的哲生。做得一本正經的樣子。

媽看著我說道：「他呀，早上七點就開始做那個狗屋了。」

我笑著說：「小狗都還沒到呢。」

媽也笑著說：「等到了就太遲了。」

哲生不知道庭院裏有兩個人在看他，仍然專心一意地切割木板，釘著釘子。由於聽不到聲音，我和媽媽就好像在欣賞圖畫一般，靜靜地站在充滿青草氣息的庭院中注視著他。

「天氣有點彆扭，一下晴一下陰的。」

媽看著天空說道。

午後的天色確實多變。白花花的雲一層疊著一層，金黃色的陽光常常突然就被雲層遮住，草坪顏色也跟著一下子暗掉。

「梅雨季節嘛。」

我說著又開始拔起草來。家裏沒住人的這段時間長出來的雜草多得一塌糊塗。這種單純的作業可以使人專注。沒多久，眼前本來明亮的一片，突然啪町啪町開始落下雨來。

「唉呀，你爸爸沒帶雨傘就出去了，應該沒關係吧。」

在不遠處繼續作業的媽站了起來。亮亮的天光中不斷降下的大雨滴裏，可以清楚看到她充滿不安的表情。

「馬上就會停的。」

我告訴她。

「過來避一下雨嘛，會淋濕的。」

媽彎腰在一棵枝葉茂密的矮樹下躲著，向我招了招手。雨勢更大了，整面天空一霎時轉爲鉛灰色。我快跑到媽媽身旁。兩人一起屈身綠色樹葉下，有如在躲一場夏日午后的雷陣雨。哲生在屋子裏驚訝地仰望天空，並向我們揮了下手。

「哇，頭髮濕了。」

我才剛說完，媽眼睛看著前方很認眞地叫起我的名字：

「彌生，有件事，想要問問你……」

我看著媽。媽媽的眼神有點猶豫。這是她暗自爲一件事情傷神時的慣有表情。哲生第一次交了一個女友時，我第一次生理期來時，爸爸因爲工作過度而病倒時，她都是用同樣的表情叫喚我。每當這個時候，我總是不自主地陷入一種不安的境地。我像是被長遠而幽暗的家族歷史所呑噬般，無言地等待媽媽的下一句話。

「彌生，住在那邊的時候，有沒有發生什麼奇怪的事？」媽問我。

「那邊……你是說我們前一陣子租的房子？」我的心突然一緊，「沒什麼啊。」

「你騙我。有好一陣子了，你樣子怪怪的、陰沉沉的，搬回來這裏以後，也是一直無精打采，還有那天晚上……你不是在浴室裏面大叫嗎？」

「那是因為，洗澡水上浮著一隻鼻涕蟲……」

我隨便編了一個理由，不過底下再也接不下去了。

「吹牛也不打草稿，你根本不怕鼻涕蟲。而且從那件事發生以後，你就開始變得怪怪的。到底是怎麼回事？」

媽媽的語氣很堅決。天空被雲層所籠罩，不同層次的銀白與灰黑交雜成不可思議的模樣，然後降下雨來。草坪因為雨水的浸染而逐漸轉為鮮綠色。

「是這樣的，」我毫不遲疑地說：「我看見幽靈了。」

「幽靈？」

媽用一種奇怪的表情看著我。

「嗯，沒錯，幽靈之類的東西。」我說。

……家裏改建期間，我們到隔壁鎮上離車站不遠的地方，租了一間即將打掉重建的老房子住下。本來是春天的時候因爲哲生的房間漏雨漏得厲害，覺得對他準備升學考試會有影響，所以決定重修屋頂，但說到後來，卻發展成老家的全面改建。由於決定得突然，只能找到那間屋子應急。想想不過兩三個月的事一晃就過了，於是匆匆忙忙四個人搬了過去。

即使只是暫住，也實在是一間教人不敢領教的房子。那是一幢平房，只有三個房間和一間廚房。而且，浴室竟然在屋子的正中間。格局如此彆扭，多半後面的房間是後來才增建的。從後面的房間出來不管要去哪裏，都得經過浴室。那是一個骨董級的浴室，老舊的磁磚不是褪色就是剝落。不但到處是縫隙，風可以從外面咻咻吹進來，而且澡盆漏水漏得很厲害。洗澡時如果四個人不一個接一個洗，原來放滿滿的一澡盆水一下就空空如也。不過，這樣的生活挺新鮮的，家人也無形中更爲親密，大家反而樂在其中。

☆

五月一個微寒的夜晚，我進去「漏水浴池」洗澡。

記得是九點剛過不久。帶著初夏氣息的夜風從稍稍打開的窗戶吹了進來。我靜靜踏入浴盆，泡在水中什麼也不想。耳中傳來輕脆的涓滴細響，有如庭院中優美的流水之音。其實，是浴缸中的水從磁磚裂縫一絲絲一絲絲滲出時發出的聲音。習慣了這聲音以後，聽起來是如此地悅耳。

這間浴室和外頭恐怕還有相當大的裂縫相通，以致常有螞蟻、蝸牛在裏面爬來爬去，或淹死在浴缸中。一開始還覺得滿噁心，後來也習慣了。

在燈泡的昏黃光線下，我定定地看著發黑磁磚上馬賽克的圖案。水氣蒸騰中我突然靈光一閃好像想起了什麼。

這時的感覺，我想這樣說大家應該都可以瞭解。

突然胸中感到一陣騷動。好像，知道了什麼。一種似乎可以找出什麼來的預感……

有關自己的一切即將被全盤否定、有點害怕又有點奇妙的興奮，還帶著點悲哀的感覺……

之所以會這樣是不是腦子裏面一下全部充滿了：

往事或將浮現

這種念頭？

別人是不是也會像這樣而有追憶起被遺忘事物的感覺——當我在熱水中不斷想著這件事時，突然有什麼東西碰到了我的背部。好像是一個硬硬的、漂浮在水面上的大東西。

「？」我滿懷疑問地回過頭，只看到清澄的熱水在眼前晃動，其他什麼也沒有。凝神一聽，也只有原來淅瀝淅瀝的水流聲。到底是什麼東西呢……當我把頭轉回前方，不禁陷入一種不舒服的氣氛中。整個人強烈地想立刻離開這裏，雖然泡在熱水中卻起了陣陣雞皮疙瘩。腦中一片空白，恐怖的感覺不斷向我毫無抵抗力的身上襲來。

正當我想站起來的時候，我僵直的背部又碰到了一個什麼東西。再一次悄悄地轉過身子，它就在那裏，清楚而實在。

一只玩具鴨子。

一只有著紅色身子、黃色嘴巴，常常被放在澡盆或游泳池裏玩的塑膠鴨子。

我不相信我的眼睛。本來沒有的東西怎麼會突然間出現眼前，越想越覺得不對勁，我唰地一聲站起來，「啊！」開始驚叫，並慌慌張張踏出浴缸。一切都發生在短短的一瞬間。母親在廚房聽到我的叫聲，用力打開浴室的門問道：

「怎麼了？」

我深深吸一口氣再看一看浴缸。

——什麼也沒有。

只有劇烈搖晃的熱水，以及漏水所發出的淅瀝淅瀝聲……

沒什麼，我說，然後走出浴室，立刻回到房間，躺在床上，胸部仍然怦怦作響。在隨之而來的一片朦朧睡意中，我進入一個不像是夢的奇異夢境。

夢中我變成另一個人殺害了一個嬰兒。啊，到現在仍然可以清楚地感覺到那種不舒服。雖然全都是一些斷片，卻充滿眞實的氣味。

一個仲夏的正午時分，我站在浴室越窗而入的炙熱陽光中。窗玻璃、磁磚都比我所知道的狀態還要嶄新。我穿著拖鞋，但我不記得穿過這雙拖鞋。像西洋棋盤一樣可厭的黑白配色。拖鞋踩在木製防滑地板上那種黏黏的感覺，眞實得教人汗毛直豎。脖子上不斷冒著冷汗，髮型是從來未曾留過的短髮。我兩手抓著號哭不止的嬰兒，一心要將它沉入水中。

它的重量，微弱的抵抗，仰望著我的雙眼，恐怕這輩子我是忘不掉了。口乾舌燥，頭暈目眩。刺眼的陽光照著，流水低聲作響。然後，我注意到，放在腳邊的小臉盆中，有一只在陽光中閃閃發亮的玩具鴨子——就在這時，我醒了過來。

☆

——第一次將那件事情完整地告訴母親，我原來是守口如瓶的。季節雨繼續下著，一旦抬頭望天眼睛就會一陣不舒服。在向母親坦陳那件事的同時，我自己都覺得有些不知所云。很難相信是確有其事，而且可能的話忘掉最好。

「說眞的，這不過是一場夢罷了，嗯？你會把它當眞嗎？」

母親認眞地問道。她是一個無論什麼時候都會認眞傾聽小孩說話的人。

「是啊，不過，我已經做過調查了。」我說。鎭靜得自己都覺得可怕。

「我向房東詳細打聽過了，而且到圖書館影印了舊報紙。那間房子，確實發生過那樣的事件。一個被丈夫拋棄的餐廳女服務生，在精神異常後殺了小嬰兒。日期也和夢中一樣是夏天，夏天八月。」

「……是嗎。」

母親默默地陷入長考。

我問她一件事。

「媽，我小的時候，是常常會看見這些東西的小孩嗎？」

「怎麼說？」

母親迅速反問。我看看她，她黯淡的眼神教我心痛。

「就是有這種感覺嘛。」

講了太多不該講的話。我很清楚，有如在寂寞的夜晚走鋼索。一片漆黑之中，只看得見白色的鋼索和自己的腳。雖然害怕，卻已沒有退路。現在，我只能低頭盯著草坪直看。

「……你啊，以前是個非常敏感的小孩。那時我常常找那一類的書來看，什麼ESP❶啊、預知之類的。你爸爸是不太相信這些事情的人，所以也很少跟我一起採取行動。你知道嗎，很小很小的時候，每次電話鈴響你都能先說出打電話來的人是誰。即使不認識的人打來，你也會說『好像是一位叫山本（Yamamoto）的先生』或是『爸爸公司的人』。

---

❶：extrasensory perception 超感應

幾乎都被你說對了。還有，對某個地方曾經發生的事情也都有異常的感應力。我比較有印象的，像你到七里濱(Shichiri-ga-hama)❷玩的時候，你會說『這裏以前發生過戰爭』，嚇了我一大跳。意外事故的現場，或是有人自殺過的平交道，雖然沒有人告訴你，你也會怕得不敢走近。很嚇人吧？不過我想你早就不記得了。……還有，有時爸爸深夜和我吵架，你明明在二樓睡得昏天暗地，第二天吃早餐時也是笑嘻嘻的，可是之後一旦走進大人的房間，馬上會說：『爸爸和媽媽吵架了。』這種例子實在太多了，害得我們帶你到處看醫生，或者向有名的學者專家請教，不過隨著你越來越大，這些現象也就慢慢消失了。」

「是嗎？」那些事，我完全沒有印象。

「對啊，那時就是在一旁看著你都會覺得不可思議。不過我總以為，輕易就能比別人直覺感受更多事情這種能力，也許小孩都會有的。小孩子或多或少都是這樣的嘛。不

❷：七里濱位於古都鎌倉(Kamakura)的海岸地帶，是十二世紀前後源氏與平氏兩大勢力幾次著名戰役發生的所在。

過再怎麼說，這也是一種特殊才能，倒是我也好爸爸也好，從沒想過要將你培養成那種上電視表演心電感應或超能力的人。我們都希望你能夠平平靜靜地過生活。更何況在什麼都懵懵懂懂的年紀，如果將那種能力保留下來，長大後還是不由自主地到處發揮的話，這樣的人要不就要花很長的時間才能學會自我控制，要不就成爲需要治療的病人，是不是？我們爲這些擔心得不得了，也不知道深談過多少次。」

「……嗯，我瞭解。」我說：「不過這些都已經過去了，對我來說並不重要。問題是我擔心將來仍然會因爲受到什麼挑撥而發生過敏反應。如果是受到留在凶殺案現場的煞氣之類的刺激，我想應該是不會再有任何反應了。」

「聽你這樣說我就放心了。」母親終於露出一絲安慰的笑容。「這樣也好，新的家已經都整頓好了，快把那些不愉快忘掉吧。」

「嗯，我也這麼想。」

雖然心裏這麼想，但也因爲對自身有那麼多難以掌握的事而頗感震驚。未免忘得太徹底了；不可知的領域太多了。雨說停就停，太陽立刻露臉，整個庭院像變魔術一樣大放光明。我們重又開始照顧那些花花草草。

直到現在我才完全瞭解，那個陰陰晴晴的下午是個重要的分界點。那是星期天，全家人像平常一樣在家，各做各的事。多麼普通而又平靜的一天。

可是，該發生的事終究阻擋不住。雖然我仍然眷戀著那樣的氣氛，但是突然在我的腦海裏閃過一個清晰無比的畫面。好像老舊的八釐米影片，遙遠卻又強烈地撞擊著我，在我猝不及防的狀態下，畫面一個接一個閃現。

其中一個是手。一個上了年紀的女人的手，拿著花剪在做插花。那不是母親的手。戴著翠玉戒指，纖細的女性的手。

另一個畫面，是一對夫婦愉快散步的背影。其中那一位婦人，正是先前所看到的那隻手的主人。

跟眼前的現實完全不一樣的地點，繼續上演著一幕幕的影像。我屏住呼吸希望這些快速流逝的影像在心中停格，就像是看著車窗外最喜愛的風景讓它瞬間映入眼簾。在這些畫面中歷時最久、印象最深的是「姊姊」。

那個女孩還很小，頭髮中分。奇怪的是她有著一張大人的臉，正抬頭望著天空。她站在深綠色池子的邊上，穿著一雙與灰色石頭地面呈明顯對比的紅色拖鞋，緊鎖眉頭叫著我的名字。

「彌生。」

甜甜的聲音。和風輕拂她的頭髮。教人難忘的側臉一動也不動，憂慮地圓睜雙眼仰望多雲的天空。我也看著遠方在風中快速移動的雲。

「彌生，聽說颱風就要來了。」

她這樣說。這時我突然感到這個陌生的小女孩是「姊姊」。我沉默不語，只是點點頭。

她看著我，微笑說道：

「今天晚上我們靠著窗戶旁邊睡，一起看吹大風喔。」

☆

幾天之後的一個晚上。我心情愉快地坐在陽台上啜飲冰凍過的上好日本酒。梅雨停歇的空檔，可以看到許多星星。

我的新房間不很寬敞，但擁有一個陽台，所以還是覺得不錯。不管夏天冬天，我都對戶外景緻著迷。

不過畢竟太狹窄了，我得要躬身蜷曲地坐著。爲了固定身體，背後的窗子必須拴緊，然後把兩隻腳架在分離式冷氣機的屋外馬達裝置上，再緊抵水泥欄杆；整個人就這樣一動不動觀看高高欄杆彼端的星空。涼風陣陣吹來，舒服極了。我的全身一直到指甲末端都沉浸在六月的涼爽空氣中。空氣澄澈如是，教人全身輕安，很想就此睡去。一顆顆的明星在天上閃著晶光。

我覺得有些茫然。

過去我經常離家出走。想集中精神思考一件事情的時候，就不想待在家裏。只有前往不必一起吃晚飯、不必打招呼、沒有家人同在的地方心情才能沉靜下來。

但是自己也清楚得很，這不過是小孩的遊戲而已，之所以這樣說，因為我知道每次只要心意一轉，帶點心虛回到家，爸媽一開始雖然會生氣地講兩句，不久還是對我有說有笑。坦白說，離家出走是那些有家可歸的人所做的事……這是第一次我從內心深處有感而發。

這一次，心裏有一種說不出的異樣感覺。我躊躇再三，打包行李的動作好幾次停頓下來。這一次離家出走，隱隱關連著一件重大的事情，即使再回來世界也已經不是原來的樣子。

我確信不疑。

家無疑在這裏，像過去一樣離家幾天後回來一看，表面上一定也是原封不動。然而這樣的預感不斷騷動我心。每次一想及此，父親寬闊的背部、母親的笑容都強烈地刺痛著我，讓我在成堆的行李當中無言沉思。

哲生是讓我更加放不下的因素。

每一次看到他那明亮的眼瞳和天眞無邪的神情，就會湧起一股強烈想要留住一切、什麼都不想失去的感覺。

這時，我隔著玻璃聽到有人敲門的聲音。想站起來去開門時，一方面是微醉，一方面地方也實在太窄了，身子動都不能動，懶得起來，就嚷道：

「請進吧！」

雖然說「請進」，但我自己也在房子外面，而房子就像電影中一樣遙遠，「喀擦」一聲房門被打開，哲生進房然後逕直走到最靠近我的地方，問道：

「你在做什麼啊？簡直像是一匹大肚朝天把水槽擠得滿滿的胖山椒魚❸一樣。」

隔著窗子的聲音有些模糊。哲生穿灰底帶細碎白點的圓領衫配件牛仔褲，赤腳站在我的房間。一隻手上拿著常見的一冊薄薄的升學參考書，上身直挺挺的，用平日那雙清澄得教人心驚的眼睛瞪著我。

……一定還有跟我流著同樣血液的親人。

❸：山椒魚，爲棲息在山澗的蠑螈類兩棲稀有動物，體長可達一米八〇，重可達二十五公斤，因叫聲有如嬰兒，在中國又被稱爲娃娃魚。

不管怎麼想，還是難以置信。不可能。雖然這麼說，但是童年時代的記憶一片模糊也是奇怪而不可解。還有，內心深處不時有一閃強烈的訊息在向我訴說「真實」。這種直覺錯不了。多希望它錯，可就錯不了。

所以，一顆心一直像浮在半空中般踏實不下來。

多希望哲生來救我。真想告訴他我多麼希望他能用堅定的眼神和語氣對我說：「不要理會那種無稽的事，把它們全忘光吧！」我也知道如果真的能夠把它忘得一乾二淨是最好不過了。但是我並沒有說出來，倒是伸出一隻手把背後的窗戶拉開。夜晚的窗玻璃教人難受，還是打開吧。

「什麼事？」我坐在原地問道。

「沒什麼，你這裏不是有膠帶嗎？我想借用一下。」哲生說道。

「就在書桌上。」

「你怪形怪狀在那邊幹嘛？」

「覺得在外面心情比較好嘛。」

「陽台一定也很高興。」

哲生說完哈哈大笑。他的聲音穿過黑暗，有如夜空中一條明亮的甬道。那是教人一聽就安心的音調。我覺得哲生發出這樣的聲音是因爲他喜歡我的緣故。再簡單明白不過的事。也因爲是我喜歡他的緣故。

「哲生，夜晚很美是不是？」

微醉的我用誇張的語氣講出這句話，以替代許許多多心裏眞正想說的話。

哲生不但沒把我的話不當作一回事，還一臉認眞地邊拿了膠帶走出房間邊說道：

「那是因爲晚上的空氣比較清新嘛。」

這句話留下一股甜美的餘韻緩緩滲入我的心底。

從很早以前，哲生就常常在晚上被叫出去。

有時是來自認識的女孩子，有時則是他那羣男朋友。他朋友不少。哲生接到電話出門後，我在家中會突然感到空虛。那是心中有那麼一個角落開始「等待」的寂寞。當家裏面少了哲生那纖長的手和腳、他的腳步聲、背影等等風景，我頓覺什麼事都沒有意思起來。即使不當一回事地照常談笑、接電話、看電視，但一顆心仍會不可思議地注意著玄關。尤其是有一些傷心事的日子，深夜一個人躺在床上睡不著時，只要一聽到哲生回來開門、上樓的聲音，我就整個人安下心來。我並不會走出房間去說聲「回來了」，我只把他回來後所發出的聲音當作搖籃曲然後放心入睡。

爲什麼這麼容易寂寞，我並沒有認眞地想過，但是夜裏一個人獨處的時候，常常會被彷彿是鄉愁般巨大的寂寞所籠罩。哲生是唯一能夠將之驅逐的存在。當哲生人在身邊時，就算是再怎麼悲傷，也都會煙消雲散。不過還是有那麼一個時刻，每當有什麼記憶似乎即將被喚起，我是很會鑽牛角尖，無論如何也想不開的。有如來自遠方的旅人，在新來乍到的地方還沒能夠定下心來。

有一天晚上，打給哲生的電話是個不好的電話。我拿起話筒，對方是一個陌生的男孩，要我叫哲生出去。哲生就讀的學校是一所份子滿複雜、狀況很多的高中，附近的居民都知道。

不過這種場合看來不適合做姊姊的揷嘴多管閒事。我對著二樓的哲生大聲說道：「電話！」哲生打開房門走了出來。就在他步下樓梯發出「咚咚」聲的短短幾秒鐘，我抬頭看著他若無其事的眼神，突然有一種不忍讓他出去的感覺。在我看到他本人之前完全沒有這種感覺。把話筒給他，多麼不希望看到他清澄的雙眼蒙上陰影。那種感覺強烈到教人一陣暈眩，有如整個人在一瞬間就會化爲碎片。

默默把話筒交給他，然後我就回到二樓自己的房間。沒多久，聽到哲生開門出去的聲音。

心裏面覺得怪怪的。

到那一刻爲止，不管哲生是外宿或嚴重受傷，我都只有表面上的關心，然而那晚，在初夏一片澄淨的黑暗中，我第一次從心坎裏擔心起他來。那一刻，窗外月亮的身姿，夜晚的氣息；更不要說當我把話筒交給他，他看著我時，兩個人之間有一種前所未有的微妙感覺。那個場景雖然只是一瞬，卻在我的心中生動地留下了完整的影像。

我在房間裏等待哲生歸來。耳朵從頭到尾清清楚楚聽到時鐘走動、時間冷冷挪移的聲音。一開始我裝作若無其事讀著的漫畫、爲了打發時間而做的課題，到後來根本都沒了心思，只能呆站在窗戶旁邊，俯瞰陰暗的窗外，等待哲生回來。

後來的整個過程我沒辦法說得太清楚。

我完全不知道哲生去了哪裏，而回家的路有三條。當我回過神來，我好像理所當然地已經換好衣服打開玄關的門。晚風在街道上追逐，從遠處傳來呼嘯的聲音。庭院中樹木的輪廓在夜風吹拂下搖擺不定，再過去可以看到父母房間的燈火。我不管這麼多了，一逕向暗夜中的瀝青路面踏出第一步。我全神貫注地搜尋弟弟的行蹤。當我轉過好幾個街角，逐漸有些喘不過氣來時，我仍然可以清楚意識到從我腦中某個角落發出的冷靜問句「我爲了弟弟而在晚上四處奔走到底是爲了什麼」正消失在夜色之中。之後我就像迷路的小孩一般，一心只有想要尋找的標的而已。我在熟悉的街道上流連，簡直像是熱戀。

當我在離家有一段距離的街角突然碰見哲生那一刻，熱戀不得不暫告一段落。

「咦，哲生！」

我發出意外然後又故作鎮定的聲音。

「怎麼會是你，出來散步啊？」

哲生滿臉驚訝，我看他並沒有明顯的外傷，總算鬆了一口氣。

「你受傷了吧？」我笑著說。

「你怎麼會知道？」他也笑了。「這是常有的事，一點也不好玩。」

「天才總是招忌嘛。」我說。兩個人並肩走在回家的路上。

「肚子好餓。感覺很衰，去吃點東西改改運吧。」哲生說道。

「剛才在哪裏打架？」

「神社。打架倒沒有。來了幾個所謂學長的傢伙，說了一堆沒營養的話，我把他們甩開就回來了。如此而已。」

「是嗎？」

上高中以後的哲生在學校過著怎樣的日子，我並不清楚。感覺滿新鮮的。兩個人一邊交談一邊慢慢地走，好像走在夜的最深處。

我們走進車站前的麥當勞，哲生注意到我沒帶錢包，主動付了錢。我們兩個人點了好多東西，拚命地吃。有一種異於往常的快樂，教人眞想這樣一直玩下去。

從店裏出來哲生邊笑邊說：

「爲什麼我碰到不爽的事情還得掏腰包請客，眞是禍不單行。」

「回家再跟你結嘛。」

我也笑了。

「不過吃得撐撐的，剛才那種不愉快的感覺也就消失不見了。」哲生抬頭看著天空說道。

「那就好。」

一起回家的感覺很是甜蜜。整個視野是那樣清楚，好像可以到達無限遠，甚至可以觸及。站前往來的行人三三兩兩，商店街的燈火亮晃晃地裝點著夜景，有如慶典剛剛結束。

從小起家裏有重大事情發生的時候，比方說颱風把全家一起種的樹連根拔起，或是遇到近親去世，這時兩個人之間特別會有一種不可言喻的濃稠親密感；那個晚上，我們也共有著類似的感覺。

「你不覺得今天的夜色好像特別迷人？燈火的感覺也和平常不太一樣？」

哲生突然說道。我當然同意。天空一片深黑，澄澈的空氣像磨得晶亮的鏡子般映現格外明晰的大街。

「嗯，我也是這麼想。」那時我確實是這樣說的，「一定是今天晚上的空氣特別清新的緣故。」

哲生拿了膠帶出去，把門帶上的一瞬間，像是化學反應一般我心中立刻湧起一陣強烈的不安。眞想要從陽台上站起來，跟著哲生進去他的房間，問他幾句話。

不過終究還是沒這樣做。

我仍坐在原地，仰頭眺望夜空。

然後，在翌日下著雨的夜晚，我毅然決然地離家出走。

☆

阿姨很喜歡看「十三號星期五」恐怖系列，那天晚上也到附近的錄影帶出租店借了幾支電影版回來，窩在床上趣味盎然地看著。

我問她爲什麼喜歡這種東西，她想了一想說：「一直都看到同一個人出現，比較不會感到寂寞。」於是我開始在那邊推起理來，她是在說那個帶著面罩的變態殺人狂傑森嗎？還有，阿姨寂寞嗎？

我們吃了大量的布丁，感到心滿意足。阿姨是堅決不下廚房的人，但做布丁例外。她做布丁總是用很大的碗，然後用陶匙來吃。晚上亮澄澄的屋子裏，到處飄散著布丁的香味。那晚的晚餐是由我做的，但裝布丁的碟子硬是比主菜的還來得大。

阿姨穿著浴衣，頭髮也沒吹乾就躺在床上。遇到恐怖的場面她就直起身，拉長脖子把頭伸向電視機，等高潮過了她又倒回床上。有時會抓條浴巾擦擦濕頭髮，打打哈欠或噴嚏。我在沙發上雖然也在看著電視，但看畫面上驚叫聲和阿姨這些動作之間的連結反應更爲有趣。來到阿姨家已經有一段不短的日子。時間完全靜止，除了上學之外我幾乎都待在家裏。每天共處的時段裏，我在阿姨的一舉一動中，不管是露出整個額頭時眉毛給人的感覺，或是有著嚴厲眼神的側臉，還有臉稍微低垂的樣子，都讓我覺得和上次所看到的舊日影像中出現的少女非常神似，我開始認眞地意識到這件事。

「不要再自欺欺人了。明明知道是爲什麼才來這裏的。只是來了之後，也搞不清楚底下該怎麼做才好。事實就是這樣。」我花了相當一段時間才能接受這樣的想法。

阿姨倒是一派自然，於是我也就順其自然了。到底是發生了什麼事，讓我們長久以來不能夠在一起，我仍然是毫無概念，但是無意中前來輕扣我心扉的記憶斷片，要是能夠再佇留稍長一段時間多好。

一邊和阿姨看著影片，我一邊在沙發上打起瞌睡。來這裏以後，我經常因爲同樣的倦怠感就這樣一覺到天明。在這個房子裏面，好像什麼地方都可以入睡，只要睡著了，阿姨就拿被子幫我蓋上。

半睡半醒之中，電話的鈴聲響了起來。電話聲就像掛在遠處風鈴的鳴響般斷續傳入我朦朧的意識。悠悠醒轉過來的我半睜著眼睛，看到阿姨纖細的手拿起話筒說「喂」。

……啊，是的，是嗎。一直都在啊。不必了。沒關係。嗯。

當我意識到打電話的人是媽媽的時候，我立刻二話不說又裝作熟睡的樣子。我知道阿姨悄悄瞄了我這邊一眼。電話仍然繼續。

不是這樣，我並沒有這樣的打算。知道了，不是你想的那樣。……偶爾一次，有這樣一段時間也不壞嘛。只要她本人想回去，我會立刻讓她回去的。現在已經不是小孩了又有什麼關係。不必擔心成那個樣子嘛。我不可能做那種事的。你明明知道的嘛。

斷斷續續傳到耳朵裏的阿姨微細的說話聲教人覺得無限惘然。晚上的電話總是難免有孤寂的感覺。瞭解眞實也總是教人悲哀。我像一個小孩一樣，在夢與現實之間悠悠地聽著。

關於養育我的父母，哲生手臂的形狀，還有，那曾經短短地出現在記憶中的我眞正的，父母。他們優雅的背影，好看的手。名字想不起來。一切都是如此遙遠——阿姨和媽媽又一陣你來我往之後，突然用力掛上電話。之後輕輕嘆了一口氣，一個人又回到電影的世界。我因爲有阿姨在一旁照看而莫名地欣喜。不喜歡複雜，爲了避開任何麻煩事可以逃到天涯海角的阿姨，雖然說是媽媽打來的電話，也沒有把她唯一的妹妹搖醒過來。

「彌生，來喝酒吧。」

阿姨叫醒了我。眼睛睜開一看，時鐘正指著深夜兩點。我一邊為自己一不小心就睡了將近兩個小時而嚇一跳，一邊用迷迷糊糊的聲音說道：

「ㄟ？什麼？喝酒？」

阿姨用不以為然的眼神看著我說：

「電影演完了。我一點也不想睡，而且我明天休假。彌生，喝酒吧。」

「遵命。」

搞不清楚狀況的我還是起來，到廚房去拿冰塊。阿姨不發一語地從地板下抓出了威士忌酒和礦泉水。就連她把瓶子拖拖拉拉地放在地板上的聲音都讓我感到快樂。跟一個年紀比我大的人在一起，我什麼也不怕。不管是夜晚的黑暗也好，或者是整個人有如漂浮在半空中也好。說來奇怪，我在那麼溫暖的家中反而常常感到不安，在這裏過著不確定的生活卻充滿充實感。心裏面不禁產生一種強烈的錯覺，好像從來就一直過著這種生活。這就是所謂的「血緣」嗎？

敞開的窗子那邊，可以看到白色蕾絲裝飾的窗簾搖動，有時庭院中的樹葉也會飄舞進來。遠處的車行聲、警笛的鳴叫都隨著風斷續地傳過來。爸爸、媽媽和哲生今晚也是愉快地用餐的嗎？如果不是我注意到一些蛛絲馬跡，阿姨是不是一生都不會有機會與我單獨相處呢？

月光下，我想著。

這時，電話鈴響了。

又是媽打來的吧，多半阿姨也是這樣想。她就當作電話沒有在響，毫無反應。我有一種身處漆黑的黎明時刻夢見鬧鐘鳴響的感覺。

電話鈴大聲響了十次、二十次，騷動著屋子裏的空氣。

像以前一樣能夠感知打電話的人是誰的力量如今完全消失了，但是仍然能夠接收到微細的訊息。我閉緊雙眼努力搜尋。對方散發著一種彷彿是愛意的情愫。有如熱戀中的人一樣握著電話聽筒。我覺得我好像熟識那熱情的來源，閉著眼睛繼續追索。對方有些冷漠，很正直，值得信賴……

「吵死了！」

阿姨說著終於拿起電話。我判斷對方一定是阿姨的男朋友，於是悄悄地想到廚房去避一避。突然阿姨叫道：

「彌生！」

我嚇了一跳回過頭去。阿姨把話筒轉給我。

「找你的。」

我走過去，戰戰兢兢地接下話筒，試著問道：

「喂——咦？」

然後也聽見哲生的聲音：「喂……喂？」

我想他一定是發現了什麼。然而浮現在電話彼端的身影，總覺得像聽鬼故事的晚上賴在我身邊不願回自己房間睡覺的小哲生。

「哲生嗎？什麼事，這麼晚了？」

「我一直在等大人睡了再……嗨，還好嗎？」

「嗯。」

「爲什麼去住阿姨家，發生了什麼事嗎？」

「啊……有沒有好好準備升學考試？」

「有啊，每天都在拚。新家少了你總覺得好像少了什麼哩。」

不管是喜歡或討厭、熱還是冷、想睡覺或是東西好吃，他從來是一個有什麼說什麼的純眞小孩。每當我陷入哀傷的時候，他也總是盡全力安慰我。

「謝謝你。不過並沒什麼大不了的事。很快就會回去的。」

然而對於謊言，哲生同樣敏感異常。

「眞的嗎？你可要振作一點哦——。」

這通電話是如此的特別，以致讓我產生一種錯覺，好像兩人之間所有不可言傳的心意都在對話之中交織。聽著哲生橫越夜晚而來的聲音，想到竟然會跟這個人一起相安無事地生活了那麼久，眞是不可思議。

因爲是哲生反過來安慰我，教我不禁「嘿嘿」輕笑出聲，說：

「不是跟你說一切都很好嗎？」

做爲姊姊，我經常是用這種高姿態對待他的。

他並不在意我的唐突，還是用親切的聲音說道：

「那就這樣，早點回來喔。」

然後掛上電話。

我把話筒放回去，說不出一句話來。

默默看著我的阿姨，過了一會兒才問道：

「叫你回去的嗎？」

「……嗯。」

我點了點頭。

阿姨的表情頓時有些悲哀，說：

「是嘛。」

我想與哲生見面。雖然說我開始喜歡在這裏的生活，但每次凝視綠色風景的時候，或是每次走在梅雨放晴後發散的路地氣味之中，抬頭仰望灰濛濛天空的時候，我都會想起哲生。每一次的懷想都停止在同一個地方。如果我們不是姊弟關係的話，如果。可是我好愛我的父母，不能讓他們傷心，想到這裏，我都覺得自己太鑽牛角尖，一定有什麼不對，於是不再想下去。就讓我的想法慢慢在這個美好的家庭氣氛中銷溶吧……

「不要想太多，喝酒。」阿姨說。

由於沒有下酒的東西，我們拿剩下的布丁和冰箱中放的櫻桃就著威士忌喝。實在是令人不敢恭維的組合。

這是第一次和阿姨一起喝酒。

提議喝酒的人通常貪杯，不出所料，阿姨一口接一口咕嚕咕嚕地喝著。

「常常一個人這樣喝酒嗎？」

我剛問完，阿姨立刻答道：「嗯。」

她在放了大量冰塊的玻璃杯中斟滿威士忌。聽著冰塊在杯中清脆碰撞的聲音，我一邊注視地板上逐漸斟滿的酒杯的影子。眼看這樣的景象，我知道她過得並不平靜，而一個人的生活也絕對沒有那麼自得其樂；我的到來，更把一切都攪亂了。

「那個人，看來很喜歡你的樣子。」

阿姨看著伸出去的腳趾上的指甲微微一笑說。

「那個人，你是說哲生？」我問道。

「是啊，你那個沒有血緣關係的弟弟。」阿姨鎮定地回答。

看來，一直隱藏的祕密已經揭曉了。在那一瞬間，燈光、夜色，都因爲和一滴滴降下的貴重的時間之微粒同步，而顯得特別地明亮。

現在，只有現在了。

於是我輕聲地問道：

「我們的爸爸和媽媽，是怎樣的人？」

阿姨毫不遲疑地回答，好像到目前爲止並沒有刻意隱瞞一樣。

「他們都是很和善的人。」她垂下長長的睫毛淡淡說道：「我們一家人，住在庭院有個小池塘的房子裏。」

「喔。我們家，幸福嗎？」

「幸福得一塌糊塗呢。」阿姨說：「現在和你一起生活的那一家人也都是很好很好的人，但我們家還有一些很不一樣的東西。一些像童話故事一樣讓人覺得難以持久的幸福……嗯，因爲那時彌生還很小的緣故，說不定有些記憶但是長大後全部遺忘了。」

阿姨完全把阿姨的樣子丟在一邊，變成一張姊姊的臉。不像過去她的眼神老是有意無意地迴避我，現在她直視著我。由於視線直接凌厲，那種迫力感令人心驚。我想，這才是眞正的她。一個能夠直視入人的內心深處的女人。

「我的……奇怪的能力妳還記得嗎？」我問道。

「嗯，對啊。我記得你從會講話之前就是一個怪小孩。你有一種預知的能力。還有，如果遇到爸媽不太喜歡的人打電話來，你馬上被火燒到一樣放聲大哭。大家都嘖嘖稱奇說你似乎瞭解父母的心意。眞的很有趣。那時不禁想到，像你這種設備要是一家一台那就很便利了。」阿姨微笑道。

由於不斷回想那些自己都感到不可思議的過去，一瞬之間，我就把陷於些微不安之中的自己很自然地忘卻了。阿姨那時的眼光也好像爲了編織昔日風景而纅著美麗的記憶之絲般，幽幽地凝視窗外。遠方的空中月亮正發著微弱的光。對於把這一切都當作重大事件的我而言，當我意識到阿姨和它們全部保持一定距離時，難免感到輕微的震驚。在阿姨看來，一切都已經結束了。慢慢地，我似乎也開始能夠以平常心來看待這些事了。

「阿姨也……」我仍然用原來的方式稱呼她，「具有那種奇怪的能力嗎？」

「才沒有呢。」

阿姨明快地回答。她用纖細的手指揀起幾顆櫻桃放在手心。

「拿水果下酒不行嗎？」

阿姨一邊吃比較大粒的櫻桃一邊問道。

「對啊，不吃點含蛋白質的東西不行。」

「呵呵。」阿姨笑了。「那種說話的語氣實在太像生你的那個媽媽了。你一直在幸福之中成長，如今回想這些事，說來實在傷感。知道嗎，你現在家裏所有的人，當然包括去世的外祖父，和我們完全沒有血緣關係？只因爲他們和我們的親生父母感情非常深厚，才接手照顧我們的。那樣善良的一羣人到哪裏去找？那個男孩也是一樣。」

「哲生？」

「對。」阿姨點點頭，「很好的孩子對不對？不止懂事，而且善解人意。」

「也許是吧。」

我含糊應了一句。現在不是談他的時候。

「唉呀，我現在還是什麼都想不起來呢。爸媽是怎麼死的？為什麼我一點都記不得了？」

阿姨有點為難地蹙著眉頭說道：

「……家族，最後的旅行。」

我屏息側耳傾聽。

「那一次我們準備去青森(Aomori)旅行。那時彌生真的還很小。爸爸開著新車，在山路上一個轉彎沒轉好，和對面來的車子撞上了。我和你坐在後座，目擊了所有過程。爸爸和媽媽死亡的場面，啊啊，說不定你並沒有看見。我緊緊抱著你，兩個人全身是血爬出了車子。眼前全是破碎的東西。我的頭好痛。那時滿山遍野的紅葉，由於血跑進眼睛裏面，整個世界更是深紅一片。我也很快就昏倒過去了。你看，這個傷痕。」

阿姨讓我看她額頭接近髮腳處的傷疤。

「爸爸和媽媽當場就死了。對方則毫髮無傷，還好。你知道，爸爸和媽媽都是那種不管發生什麼事也不願連累別人的個性。他們那種好有點超乎想像。你受到嚴重的驚嚇，住院住了很久。你就是因為這樣才失去記憶的。」

每當從阿姨口中出現「爸爸、媽媽」的字眼時，我就一陣心悸。

「……可是，不是兩個人一起都被收養了嗎？」我問道：「我現在的父母為什麼會讓你一個人過日子，我實在搞不懂耶。」

不是嗎，那麼善良的人不可能不叫她過去一起生活的。

「是我自己不要的。其實好幾次差點被你媽媽說服了。當然嘛，我那時才不過是高中生而已。讓你成為我的外甥女也是我提議的。另外，把這間房子讓給我住的是你外祖父。」

「為什麼？」

「我覺得一切都很煩，想一個人住。你還小，很容易重建。我受到作風與眾不同的爸媽影響太深了。我不相信我還能適應其他生活方式。雖然我現在已經不會堅持這種想法了。」

這個人，是住在時間靜止的古堡中，懷抱遠逝的王族之夢而眠的公主。在這世界上知道往日榮華的只剩下她一人，她的心思無論何時都向那裏回歸。何等孤傲的人生。像病魔一樣緊緊附著在她身上的到底是什麼東西呢？我盡量不要往我是被她所「拋棄」這方面去想。我相信事實並非如此。但是我也知道橫在兩姊妹之間的距離將永遠無法拉近。正因爲如此，今晚的一切只是一場超越了時間和空間的夢而已。

「很抱歉，我一直忘了這一切。你會恨我嗎？寂寞嗎？」我說。

這時阿姨定定看著我，臉上緩緩漾出常見的淺淺笑容。那是一種可以把世上一切包容進去、滿盛著冷冽清澄液體的湖泊一樣的、完全的笑容。

我覺得我已經被原諒了。

「什麼時候能夠再一點一滴回想爸爸和媽媽的往事就好了。……我們雖然是有點怪異的家族，卻是非常地幸福。像作夢一樣。」

阿姨繼續說道：

「爸爸是個學者，也是個奇人。因此家裏面完全沒有所謂規矩法則這種東西。興致一來全家盛裝出去吃飯，要是多下幾天雨媽媽沒出去買東西，也可以全家啃一塊麵包。暴風雨的日子或下雪的晚上，四個人擠在窗戶旁邊，看著天空入睡。……我們也會到各地去旅行。總是心血來潮就出發，露宿野外是常有的事。曾經在深山裏面一住就一個月。你的超能力實在有趣，我們也常和你玩猜撲克牌遊戲。猜對了稱讚你，你就非常高興，那時你多小啊。嗯，說是生活在牧冥谷❹也可以。我們的生活沒有白天夜晚之分，好像每天都是日不落的白夜❺。事事隨興之所至，但彼此內心又是非常地平靜安穩，一點也不擔心明天。……到今天我都不能忘懷。就好像符咒或祝福，沒辦法從身上拿走。」

慢慢回想往事的阿姨眼瞳所注視的彼方，彷彿映現著家族昔日的光景，讓我思緒不斷奔馳。雖然什麼也想不起來，胸口還是疼痛不已。

也許是因爲羨慕阿姨能夠長保記憶的緣故吧。

❹：芬蘭作家、畫家朵貝・楊笙(Tove Jansson，一九一四—　)童話代表作Moomingtrolls系列，描寫一座虛構山谷中的生活，那裏的人充滿活潑的想像力和大膽的冒險精神，人與人、人與自然間洋溢著愛和寬容。

❺：南、北半球高緯地帶在冬至或夏至前後，太陽二十四小時都不沒入地平線以下，夜晚亦如白晝，稱爲「永晝」或「白夜」。

因爲帶著醉意上床，睡得並不深沉，我什麼夢也沒做。只是，終於從「一無所知」的不安中得到解放，所以覺得像是睡在淡淡的光中。好久沒有這種有如在溫暖的陽光下，眺望著遠處雲端若隱若現的太陽般舒服無比的氣氛了。一直沒有睡好，而且，我在睡夢之中聽到鋼琴聲。琴聲太優美了，以至於在夢中流下眼淚。旋律迴盪夢中，閃爍著消失在內心最深處。

☆

我確實聽到了阿姨離家時關門的聲響。看了看窗外，夜晚逐漸走向它的盡頭，晨曦開始出現。在粉紅色不可思議的天空中，迴響著阿姨遠去的腳步聲。我所睡的二樓房間底下正好是玄關，所有的聲響都不會遺漏。我清清楚楚記得那漸行漸遠的足音。

朦朧中我一邊想著她到底要去哪裏，一邊又昏昏沉沉地睡著。

等到眼睛再一次睜開，已經是十點過了。我還是感到很疲倦，沒有馬上爬起來。安靜地躺著，眺望窗子外面。晴朗的天空中飄著幾絲反射出微光的白雲，隱約有綠樹清香的氣息從遠方隨風吹進窗戶。一陣睡意襲來，我舒爽無比地再度閉上雙眼，眼瞼上感到淡淡的光。

這時，門鈴響了。

我向房屋入口處瞄一眼，如果是募款的人或推銷員的話，準備來個相應不理。在茂盛綠葉的縫隙中我看到一個人的頭部。然而他白襯衫下肩頭的感覺以及頭髮鬈曲的形狀都是我熟知的，我嚇了一跳。

「哲生！」

我從樓上叫他。教人想念的弟弟的臉緩緩抬了起來。當我的視線和他澄澈眼神交會的剎那，雖然只是一個星期不見卻覺得好像已經天長地久。

「命眞好吶，還在睡嗎？」哲生笑著說。

他人在重重的樹後，精神奕奕地看著我。我的心緒快速集中在他全身。所有的雜音都消失不見，就連風和陽光也跑得遠遠地。

「怎麼了？進來啊。」

我也滿臉笑容地說。

「阿姨呢？」

「好像出門去了。」

「我現在正要去學校，順便過來看看而已，沒時間了。」

「……是嘛，眞沒意思。」

「我放學時再過來好嗎？」哲生說道。

「那還用說。」

我笑了起來。我想那是有如花開一樣，明朗而自然的微笑。哲生本來有些擔心的眼光立刻緩和了下來，說道：

「好吧，我走了。」

然後穿過庭院的小徑，開門出去。他那筆直的脊梁，破破爛爛的書包，都是來自那個充滿了光的家。我現在也知道，我對他的眷戀，和我對往日的眷戀，變成了同質性的東西；然而兩個人之間已經和過去不一樣了。我們是輕輕愛戀著彼此的陌生男女。

回家去吧。

我平靜而愉快地想。

傍晚，哲生來的時候，請他幫我拿大行李，然後一起回爸媽那裏，暫時若無其事地安安穩穩過一段日子再說吧。有時，也可以過來這裏玩。

心一定下來，馬上感覺肚子餓得發慌，於是下樓去找吃的。房子裏只因爲少了一個阿姨，就好像變成死寂而陰暗的墓園。家具也好、小東西也好，散落一地的雜誌也好，全都停留在固定的位置上，無聲無息。廚房的水槽那邊，昨晚的玻璃杯和碟子都還泡在水裏。我將它們一一洗淨，水聲在靜寂中顯得特別響亮。冷冷的水流過手上，感到非常舒服。白色的強光透過窗戶照射進來，照亮了部分的地板。我坐在彷彿是仲夏海岸般充滿陽光的窗戶旁邊，嚼著麵包，喝橙汁，吃剩下的櫻桃，眼睛花花的好像在野餐。腳底下的地板仍然冰冷。窗外的世界清楚地劃分光與影，初夏的羣樹有如鏤空的文樣在風中輕搖。過了中午太陽更加炙熱。就這樣，我用全身感受夏季已近的訊息。

當我意識到情形不對，已經是下午時分。

不管怎麼等阿姨就是沒有回來。這時我才想到，其實我對阿姨的私生活完全沒有概念。她現在有沒有愛人，有沒有可以一起長住的朋友，喜歡去哪條街購物等等，完全不知道。從阿姨的日常生活中一點也看不出關於這些事的蛛絲馬跡。

家裏的氣氛變了。總是讓人強烈感覺到時間濃度的這個家裏面，現在是完全的空虛。我在布滿塵埃的家中徘徊，彷彿一切只是一場夢。

我打開阿姨房間的門看看。

永遠是髒得可以的房間。什麼東西都亂丟亂放，櫥櫃抽屜拉出來也不知道推回去，衣服散落滿地，好像剛遭過小偷。桌子上也是，一大堆有的沒有的，就像是把手提袋裏面的雜物一股腦全部倒出來一樣。窗框的下緣積滿了塵垢，牆上掛的鏡子則像是剛剛才出土般混濁不清。能夠從這樣的房子穿戴得那麼乾淨整潔出門上班，簡直是惡意詐欺，我邊想邊走了出去。當我把背後的門隨手帶上時，雖然沒有發現任何線索，卻突然有一種直覺，阿姨暫時大概不會回來了。

☆

「不告而別是不好的喔。」

當護士的媽媽好幾次這樣說。

「我常常看到這種場面，一直擔任看護的人因爲有事暫時離開一下，結果就在那段時間裏沒能看臨死的親人最後一眼。」

媽媽說，這就是所謂的偶然吧。從我這種心血來潮招呼也不打就跑出去玩的習慣，大概媽媽也看到了阿姨的影子。那種絕非歲月所能消滅奔流在血液中的特性。

「假如有一天，不知道你人在哪裏，而爸爸或媽媽發生了什麼意外送到醫院去，甚至就死了的話，彌生。」

我還是很喜歡媽媽的想法，以及她說話時非常認眞的表情。

「將會一直爲那通你沒接到的電話所苦的，一輩子都會。」

但是我不會。我淸楚知道我是不會一輩子爲那種事遺憾的女兒。並不是因爲第二天早上回家時被責罵才變成這樣，這個想法來自更爲冷靜的、內心最深沉的所在。

我知道這樣的想法會傷媽媽的心，記得並沒有眞的說出來。

☆

到了傍晚，阿姨果眞沒有回來。

我一點辦法也沒有，燈也不知道點，就是呆呆地坐在黑暗的桌旁。窗外轉爲一片青灰，一重重的樹影有如黑色的剪紙。我津津有味地看那些晃動不已的剪影，同時也恍恍惚惚地回想阿姨在這裏長期獨居的生活。

我覺得那倒不是多辛酸的生活。

但是，會不會是我把阿姨的生活弄得一團亂呢？

我受不了那種不安的折磨，好幾次進入阿姨的房間，在她髒亂的書桌上翻翻找找，但是每一次都沒能發現什麼留言或可能去哪裏的線索，只有失望地回到廚房。這時門鈴響了。

「我自己進來哦。」

哲生說著走了進來。他看我坐在黑暗的廚房中，驚異地說道：

「發生了什麼事？好像你剛殺了人似的。」

「才不是呢。」我說：「阿姨一直沒有回來，不知道跑哪裏去了。」

一個人出神思考的時候並不明顯的感覺，一旦和哲生交談立刻淸楚湧現。我非常不安，而且焦慮。

「不管怎麼樣，先把燈打開嘛。」

哲生摸黑找到開關把燈點著。窗外頓時沉入黑暗的深淵，夜晚再度降臨了。我心亂如麻。

穿著制服的哲生把書包放在桌上，然後端正地坐在我對面。也許只是個人的看法，我覺得他的舉止無一不適切而妥貼。我總是羨慕他擁有毫不遲疑的眼神。和哲生比起來，我是那種動不動就坐下發呆，出神地看著眼前光景流逝的人。

「是不是又遇到什麼不順心的事？」哲生問。

「嗯，多半是。」

「這麼說，就好像葬禮的時候一樣又躲到哪裏去了吧。」哲生說道：「你一點概念都沒有嗎？」

「誰知道嘛，一句話也不說就走了。說不定很快就會回來，但我有一種預感，她似乎已經去了很遠的地方。」

「……預感是嗎？你是很準的，看來是這樣沒錯了。嗯，我覺得阿姨一定希望彌生去找她。」

「爲什麼？」

我嚇了一跳。

「因爲她知道你在家等她，對不對？這種人一旦我行我素起來很喜歡走極端的，就是這樣。如果她希望你在家裏等她，我想她不會一走了之的。所以我覺得她的意思是要你去找她，不是嗎？」

「啊，原來如此。我一點也沒有想到。也許是吧。」

哲生眼中的阿姨比我眼中的阿姨要來的沒那麼堅強，也比較接近眞實。我默默地站起來，準備去泡紅茶。平常隨便慣了的阿姨，單單對茶葉會加以細心分類裝瓶，還貼上標籤，我看了不禁黯然。她這樣做，一定和我很早以前住的家一樣。標籤上有阿姨可愛俏皮的字跡。我先溫過杯子，並在茶壺中放進適量的茶葉，然後異常細心地將茶注入杯中。

我強烈地想把一切的一切都向哲生表白，同時將他也捲入整個事件當中，這種衝動在我腦海中翻攪不可抑止。爲了讓自己鎭定些，我倒茶時特意放慢了動作。果眞做出那樣的事，我會後悔一輩子。

我只是默默地遞茶給哲生。

「有糖嗎？」哲生問。

「不知道放在哪裏耶。」我說。

「這裏的生活夠嗆。」哲生說罷開始喝茶，接著環視一下房子說道：「這個家，感覺上已經很久沒住人的樣子。」

這句話讓我突然被一陣悲哀的錯覺籠罩。也許阿姨根本沒住在這裏，意外發生的時候他們全都死了，只有我一個人來這裏憑弔，而他們在一個我所不知道的地方注視著我。那個晚上，是姊姊的魂魄憐憫地接納了抱著大包行李的我。

溫馨無比的家族的每一縷幽魂。

「我想我知道她在哪裏了。」哲生說。

在我胡思亂想、六神無主的時候，他倒是淸楚得很。

「我們一個親戚的別墅嘛。就是，在一家只有一層樓大賣場的西武(Seibu)附近。」哲生說。

「你在說什麼？」

「唉呀，就是像超市一樣，在深山裏面突然跑出來的西武百貨大賣場嘛……那個叫什麼的地方？」

「你是說，輕井澤(Karuizawa)❻？」

「對對，雪野阿姨最喜歡那裏了，我不曉得聽誰說過，她常常去那邊住。如果是那裏的話，倒是想去隨時都可以去的地方。」

「大概是吧。」

我突然燃起一陣希望。我直覺到阿姨一定在那裏。山中別墅，我小時候也去過好幾次。決定去那邊看看。倒是哲生，儘管是童年的記憶，但是籠罩了樹林的夕照，還有吹

❻：日本長野縣(Nagano-ken)地名，東京西北約一百公里、海拔九百多米的避暑勝地。

越整個高原的風，難道他都沒有印象了嗎？怎麼首先想到的是「西武」呢？這個怪孩子，想想不禁瞄他一眼，他也突然定定地回望我。

「去不去？」他問。

「嗯，有點想。我會遲兩、三天回家，麻煩你跟爸爸媽媽說一聲。不過阿姨出走的事可絕對不要向他們說。」我說。

這時哲生立刻回道：「我也要去。」

由於他的語氣非常平靜，以致我一時無言以對。

「不太好吧。」我說。

「有什麼不可以？」哲生質問我。

他直視我的眼神裏充滿愛戀的氣味，教我感到困惑。

「那你要怎麼跟爸爸媽媽說？還有旅行要帶的東西都沒有準備好對不對？換洗的衣褲、牙刷等等帶了嗎？」

「我跟你說，」哲生嘆了一口氣，「我和你這種囉哩囉唆的人不一樣，我是可以隨時出門的。你說的那些東西便利商店多的是，如果要找理由還怕沒有嗎？從來沒有人把我和你還有阿姨當做是一伙的。」

我沒有講話，想了一想。也好，放輕鬆點，沒什麼大不了的。

「那，哲生，你真的要跟我一起去？」

「對，馬上走吧，越快越好。阿姨這種人雖然看起來不像是會想不開的樣子，不過還是挺令人擔心的。」

儘管不會有事，但一聽這句話心還是一沉。

「好，走吧。我們一起走。」

哲生聽了無言地點點頭。

☆

已經好久沒搭乘夜車了。

哲生坐在對面的座椅上，闔上長長的睫毛，頭斜倚著車窗沉沉睡去。身穿制服，書包和便利商店的包裝袋放在行李架上，像極了疲憊不堪離家出走的少年。

有時想想，我們會不會只是一對一直處於敏感臨界點上的男女，利用「姊弟」關係做為彼此更加親密的手段和藉口？爸媽不在的時候，兩個人吃完晚飯就是不願離開餐桌，一下吃甜點，一下喝紅茶。對於獨處時光的眷戀與珍視，兩個人毫不避諱。

每次處於那種時刻，我覺得兩個人其實都心知肚明。

一旦兩個人單獨在一起，那種感覺越是鮮明無比。

漆黑的窗外，一些發亮的夜景不斷滑逝。每到一站車停門開的時候，我可以感覺到暗夜的寒涼與氣息陣陣流入車內。當夜色轉濃，我在些許不安的情緒中仰視天邊的月亮，看來我已經來到一個非常遙遠而無法回頭的地方。

不過此時，我的心不再騷動。不管疾風如何撼動車窗，景色如何飛掠而過，靜寂的車廂中如何讓暗夜籠罩，我再也不會被「遺忘了什麼」的強烈感覺所影響了。我心中充塞著終於回歸真正的自己而來的安篤和滿足感。終有一天，在某個地方，今夜的一切也將化為逝夢的一部分。我思考著種種的不可思議。看看眼前的哲生。

啊，多可愛的一張睡臉。睫毛是多麼的長，這個男子。

他的睡臉如神。

輕井澤很快就到了。哲生想必非常疲倦吧，途中雖然曾經打開最拿手的升學測驗題看了一下，但馬上又閤上雙眼睡著。一直到我叫醒他說「下一站就是中輕井澤了」為止他都睡得很熟。從他睜開眼睛瞬間的「這是哪裏」一直到「啊，對嘛，我想起來了」的過程全部表現在臉上，看起來有點詭異。

之後我們雙雙站在夜晚的車站。月台很黑，晚風激烈地吹著，覺得有些不舒服，似乎在懲罰唐突地來到此地的我們。成千上萬顆星星布滿夜空，隱隱約約的銀河跨過山巒，橫越了整個天空。

我們坐上計程車，朝著前往火山熔岩的陡坡往上趕路。司機不時瞄瞄這兩個深夜抵達的人。車子開過靜靜坐落在夜色中的「西武」後不久我們下車。

夜晚的別墅羣漆黑如墓園，整齊有致地一間間矗立在森林之中。這些即使在白天都不太容易區別的小房子，到了夜晚更加難以分辨。每一棟似乎都很像自己要找的房子，我們就像韓傑爾與葛蕾忒兒❼在黑暗而潮濕的氣息流蕩、伸手不見五指的樹林中繞著圈子。

夜更深了，眼前是一扇又一扇沒有燈光的窗子。兩個人都覺得太莽撞了些，不過一說出來好像就會一語成讖似的，只好隱藏不安的情緒，拚命回想我們要找的別墅有沒有什麼特徵。

「入口玄關是什麼樣子的？」

「就是一般玄關嘛。」

---

❼：格林童話中被父母遺棄在森林裏面，後來發現巫婆的糖果屋的一對兄妹。

「門呢?有沒有門牌之類的?」

「嗯……對了,信箱很特別。」哲生說:「好像有一個很引人注目的綠色信箱豎立在庭院前面。」

「唉呀!」從剛才不斷的回想,包括廚房流理台的形狀、二樓古色古香的起居室所看到的窗外景致、沙發的顏色等等……斷片之中突然跑出了信箱。「我想起來了,是雜誌會介紹的那種可愛極了的東西!爸爸特別從美國帶回來,一淋雨就會生鏽的鐵製信箱嘛。」

「對對,好,我知道了。你不要動在這裏等我一下。」

哲生說完輕快地往上坡路走去。我坐在自己的背包上,仰望似乎不斷逼近的黑暗和樹影。縫隙之間則可以看見在寒冷的夜空中發光的月亮、星星和飄過的雲。還有森林令人舒暢的氣息;森林浴流行之前,我早就很喜歡這種香味和景觀了。所有的枝葉似乎都俯視著我,即使身處如此暗夜之中,心裏也是非常歡喜。雖然我已經長大了,然而樹木仍然像小時候看到的一樣高聳,想到這個就教人快慰不已。

不久哲生快速跑了回來說:

「有了，就在那邊。」

「眞是一個可以依靠的人。」

我不禁脫口而出；我衷心認爲。

「平常訓練的結果嘛。」哲生笑著說。

想想也是如此，他時常一個人出去跋山涉水，好幾天都沒有回來。他是從運動中學得人生種種基本道理的，因此不管什麼時候他都能夠堅強且彈性地面對現實。我也終於了解爲什麼阿姨說他「善解人意」了。想到這裏，又浮起昨晚還在一起的阿姨的影像，教人分外想念。

跟在哲生後面走了一陣，果然看到一堵搖搖欲墜的圍牆裏面豎著一具生鏽的鐵製信箱。這應該就是我們要找的別墅沒錯。房子裏面黑漆漆的。

「說不定不在這裏。」我說。

「無論如何進去看看，你記得鑰匙放在哪裏嗎？」

「嗯。」

我記得。我從玄關旁一堆枯萎植物覆蓋的花壇底下取出鑰匙，把門打開。

「進去看一看。」

「嗯。」

我們靠著隱微的月光指引，從嘎吱嘎吱響的玄關走進屋子。走道的小燈還點著，我找到開關一按「啪」屋子裏馬上大放光明。

「你在樓下找找，我去二樓。」

哲生說著一邊開燈一邊步上往二樓的樓梯。

屋中的霉味使人頓感窒息，我依次將窗戶打開讓夜晚的甜美氣流湧入。冰冷的風帶著大量新鮮氧氣流注到房子的每一個角落。

打開廚房和緊接著的起居室窗戶後，我走向最裏面的房間。心跳突然加速起來，遲疑中我拉開紙門。只有黑暗以及榻榻米發出的氣味，此外空無一物。我嘆了口氣走向窗邊把窗戶打開。

突然感知一件事：阿姨沒多久前一定還站在這裏。那是傍晚，陽光幾乎已經完全消失，羣樹的剪影在深藍天空中呈現不可思議的拼貼圖案的時刻。阿姨一個人站在這邊，燈也沒點，眺望著窗外。我清楚地感知這個景象，而且，她已經離開這裏了。雖然不知她的去向，但肯定已經不在。在滿屋子飄浮的夜間澄澈氣息中，我確信不疑。唉，到底去了哪裏呢？說不定不要這麼誇張地來找她反而是好的，但如今我是非找到她不可了。這是一場非常重要的遊戲。我不得不這樣想。

很快我就被哲生下樓的腳步聲拉回現實。我開了燈，他正從走道那邊過來，說：「不在耶，不過你看。」

他把一張紙遞到我面前。

「這是在二樓的玻璃圓桌上發現的。」哲生說。

我接過來一看，上面有幾行潦草的字：

彌生

你真的也來到這裏了嗎？我好高興。

遠行讓愛更深。

雪野

此外沒寫什麼。

不管把紙片怎麼翻過來看過去，就是發現不到進一步訊息。所有的線索就此打住了。

哲生歪著頭說：「如果只是寫這些，那還不如不寫呢。」

我感覺怪怪的笑著說：「說的也是。」

「是不是？」哲生也笑了。

氣氛因此輕鬆了起來。

肚子餓得要命，但是沒有車子的話根本沒辦法出去找吃東西的地方，附近的商店全關了，本來以爲只要到了這裏一切都可以圓滿解決的兩個人，只有一邊指責對方的莽撞，一邊走進廚房做地毯式大搜索。

最後在架子上找到兩盒不同品牌的過期杯麵，冰箱中似乎是阿姨留下來的蕃茄一粒，以及家庭號的優酪乳一大盒。雖然吃不飽但也不會有餓肚子的恐慌，吃完後兩個人安心地互道晚安，有點不自然地就像在家裏一樣分房而睡。這樣也好，馬上就睡在一起反而不對勁。

一個人在黑暗中蓋上棉被，才感覺到夜的安靜，靜得有些可怕。

我夢見阿姨。知道一切眞相的阿姨悄悄地站在房子外面，一個人抬頭仰望星空。由於整個頭抬得很高看著正上方，以致頭髮幾乎觸及地面。她的側面看起來有些冷淡，嘴巴發出甜美的歌聲，凝視星星。

一場感傷的夢。

☆

第二天是輕井澤標準的大晴天。

既然難得來一次，我決定做個大掃除。哲生說，如果要空手回東京，也等下午到處觀光一番再回去。打了幾次電話到阿姨家，但不管鈴聲怎麼響就是沒人接。她並沒有回去那邊。

當我正在抹走道地板的時候，門鈴響了。還沒住習慣的房子門鈴聲響時，聽起來很沒有實在感。我一開始有點不太確定，抬起頭但沒有其他反應，接著又響了兩次。

我一邊懷疑是不是哲生，一邊跑過去開門。我讓他到渴望已久的「西武」買東西，但是後來想一想現在正值淡季，很可能沒有營業，那麼他應該會到更遠的地方買才對。如果是這樣就回得太早了些。開門之前我問道：

「請問是哪一位？」

「是雪野小姐嗎？」

外面的人說話了。年輕男子的聲音。從音調中聽出帶點慌張的樣子，我直覺這個人也是到處在尋找阿姨。

於是把門打開。

眼前這個人比想像中年輕很多，著實把我嚇了一跳。怎麼看都差不多與我同歲數，甚至要比我少幾歲。我暗忖，阿姨多半是老牛吃嫩草，對她的學生下毒手了。這種事她是做得出來的。不過這男子也未免太高大了些。身材高不說，身體還滿結實，而且頭很大。我抬頭看著他一時說不出話來。他也用一種奇怪的表情看著我，好像在路上與昔日女友不期而遇，不知道要說什麼話的尷尬樣子。

兩個人就這樣面面相覷好一陣子之後，他忽然開始自我介紹起來。

「啊，幸會。我叫立野正彥(Tatsuno Masahiko)。不好意思，請問您是雪野小姐的……」

「我是她的外甥女彌生。」我說：「阿姨不在這裏。不要客氣，請進來喝杯茶。如果您不在意的話，也想請教您一些問題。我們……我和弟弟，是來這裏找她的。」

「哦，是嘛。」

他知道阿姨不在這裏，神情看起來非常落寞。沉默了一下，接著輕聲說道：

「那就打攪了。」

他沒有那種難以捉摸的表情或曖昧的態度，而且彬彬有禮，好像歷史劇裏面的武士。等他一坐上廚房隔壁客廳的小沙發後，越發覺得高大。他輕啜一口日本茶，然後發出一聲深深的嘆息。

「昨天中午她曾打電話給我，」他說：「三個月以來的第一通。我問她『你現在人在哪裏』，她就快速地把這邊的地址念了一遍，又講了一些含含糊糊的話，就把電話掛了。我趕忙拿出地址簿一查，判斷是這裏沒錯，嚇了一跳立刻趕過來。彌生小姐呢？」

「我最近一直住在她家。她突然不打一聲招呼就消失不見，只好到唯一能想得到的這個地方來看看……留了一張字條給我，人已經走了。現在到底在哪裏完全摸不著頭緒，打電話去她家，不知道是不接，還是眞的不在，總之毫無反應。」

「沒有留言給我嗎？」他瞪大了眼睛問道。我像是帶著歉意般回答他「沒有」。他再度哀傷地雙眼低垂。

「你剛剛說三個月，」我問道：「最近，你和阿姨都沒見過面？」

「對。」他說話的語調永遠是率直的，「正確地說應該是她不願意見我。說得再準確一點的話，是我已經被她甩了也說不定。這裏面糾糾結結的東西太多我也搞不清楚。我和雪野小姐是在高三，也就是去年開始交往的。」

果眞不出所料。他多半是她的學生吧。百分之百只有阿姨才會做的事。

「她說等我畢業之後再見面，三個月前通電話時，雪野小姐她……」說到這裏他第一次有些躊躇，「她說把我的小孩拿掉了。」

我一時說不出話來。這件事阿姨完全閉口不談。即使她有一個戀人這件事也絲毫不漏一下口風。

「不管怎樣我都希望和她見個面把話說清楚，結果就是沒辦法。不管如何安排，在什麼地方等她，她都沒有出現。」

他看起來確實很憔悴。我終於開始瞭解，阿姨是那種一經下定決心就勇往直前的人，當她一旦決定分手，會向對方採取如何冷淡絕情的態度我想起來都怕。肯定會當對方是瓦斯公司收費員之類的。不過，他還能夠繼續糾纏不放棄達三個月之久，這個人的脾氣也夠瞧的。

「等一下，說要等你畢業之後再見面，那麼你們那時曾經暫時分過手囉。」我問道。

「沒錯。去年十二月，一個下大雨的晚上突然把我叫出去，說不再和我見面了。眞是晴天霹靂。儘管我一再追問，她也愛理不理，只說：『因爲你還是學生。』……現在想想，她那時已經懷孕了。她就是這樣，有事也是悶不吭聲。」

他這種獨特的率直認眞到底是什麼？我覺得阿姨一定爲他的這種特質而著迷不已。

哲生「我回來了」的話聲未落，一眼看見正彥在那裏不禁嚇了一跳。我簡單地把一切稍作說明，哲生在禮貌地問候和自我介紹後，用只有我聽得到的聲音說道：

「你看，和她有關係的人跟推理小說一樣不斷地出現，好像發生了殺人事件呢。」

我一聽覺得好奇怪，背著正彥偷偷笑了起來。

☆

來到高原地帶，有一樣東西想吃想得直流口水。那就是媽媽做的水果咖哩。以前如果是爸爸開車載我們過來的話，首先大家一起大掃除，然後第一晚媽媽一定做加了奇異果、鳳梨等等的甜咖哩。

今晚變成由我來做。

本來和哲生說好今天回東京的，但是正彥爲難地說：「既然她告訴我這邊的地址，我想她很可能會回來。」我和哲生雖然都覺得可能性不大，可是看正彥奔走得那麼疲憊，我們決定和他再多住一晚。何況下一步也不知道該怎麼辦，沒什麼好急的。我們圍著餐桌坐下，三個人離奇的組合。

「嗯，令人懷念的味道，和媽媽做的一樣。」哲生說。

「很好吃。」正彥也說。

馬上和陌生人打成一片，是哲生的特技。其實他根本不在意對方是不是外人。他一邊大口吃著咖哩，一邊就問起人家敏感的問題。

「看你的體格就知道運動很在行，五官端正，穿著也很有品味。我覺得奇怪的是，像你這樣的條件，要找多少有氣質的女孩都沒問題，爲什麼偏偏看上我那個雪野阿姨呢？我無論如何就是看不出她的魅力在哪裏。」

常常，他就是會變成這種天眞的德性。好幾次親戚聚會的場合，大家都被他惡魔般的問話弄得不知所措。本來打個哈哈也就過去了，偏偏萬事都很當眞的正彥還認眞想了想然後才回答。

「這個人，有她非常獨特的一面。她絕對不會違背自己的意願。不管事情多麼令她沮喪或迷惘，也絕對不會失去她的眞性情。這種不善權變的性格雖然讓人心痛，但也充滿魅力。還有，她上課很有趣。」

「你是說音樂課？」我皺著眉頭問道。

「是啊。她酷得很。有一次要做歌唱測驗，我們跟她開玩笑，一大堆同學都說『喉嚨啞了』。那一天我眞的因爲感冒而發不出聲音，當我跟老師一報告，班上那些傢伙馬上學起我來。於是她從鋼琴後面站起來說『看起來你們班上正在流行感冒呢』。大家以爲可以不用測驗了，在底下興奮喧嘩，沒想到她接著宣布『現在，沒辦法唱的人站到前面來』，所有假裝喉嚨失聲的人都在教室前面站成一排。當然，我也在裏面。因爲大家都喜歡老師，所以這樣做也很樂。然後她又說『大家把嘴巴張開』，同學大概十個左右就這樣像白癡一樣張開嘴巴站在那裏。她一個一個檢查我們的口腔，最後在黑板前面微笑說『只有他是眞的，其他給我好好唱』。她摸摸我的頭。我有生以來第一次被擺佈得服服貼貼的。接下來她又打開黑色手提包，從裏面拿了一粒淺田錠❽給我。太精采了，班上同學齊聲鼓掌。她眞的是很特別。那是我高三的時候，從那一天起，我就喜歡上她了。」

戀愛中的男人總是把他的對象看得很特別，不過我很可以理解這個人的心情。

「原來如此，」哲生說：「阿姨這個人，看來上課一定很性格。單單看她的德性就知道了。」

「本來就是很不一樣嘛。」

正彥得意地笑道：

❽：Asada Ame，一種含在口腔的潤喉藥。

「她啊，一下雨就請假。平常上課，要不遲到個十分鐘，要不就早退，每天好像都忙得很。還有一次，課上到一半鋼琴的聲音突然停止了，大家都不知道發生了什麼事，跑過去一看，原來她睡著了。」

「好誇張。」我說。

「考試以前一定把試題抄在黑板上，然後說『不要告訴別人哦』，結果我們班上幾乎全部滿分。術科測驗時，我們唱我們的，她看她的窗外。可又會突然故做認眞地給我一粒喉糖，實在很有趣，也最受歡迎。對我來說，只有音樂課讓我覺得快樂。我也一直喜歡著她。但並不是我單方面這樣，我可以感覺得到。兩個人在走廊擦身而過時，上課打瞌睡突然睜開眼睛正好和鋼琴旁邊的她四目相對時，我都充滿這種感覺。……可以說，到現在爲止沒有比和她談戀愛更教我快樂的事了。」

好像在談一件珍貴的寶物，他瞇著眼睛有如正遠眺這件寶物一般說著。在走了那麼多路之後終於遇到理解他的人，以至於顯得特別饒舌。

「嗯，我大概可以想像，一旦被這樣的人所俘虜，恐怕很難有人可以取代她的地位。」哲生說。

我無言，阿姨緩緩展開笑容時臉上輕淺光輝晃耀的樣子浮現眼前。夜已經占領了一切，今晚我們也將夢見遠去的人。我們像是久遠以來一直坐在這裏一起回想阿姨。如此靜寂的夢土深處，大家集聚在明亮而安詳的房子裏，心胸完全開放，靈犀相通。這樣的夜晚多麼難得，情緒的起伏、風的強弱、星星明滅的數目、所激湧的苦澀感的份量、肉體的疲憊程度……都恰到好處，所有的平衡感奇蹟般同時發生。

「我媽是人家的姨太太。」正彥說。

由於意外，我和哲生一時不知道要說什麼。正彥看我們用好奇的眼光瞪著他，只好苦笑然後繼續說起話來。他的態度倒是沒有迴避，讓人感到窩心。

「母親過世後，我就到父親家度過平淡無奇的生活；這些都已經是小時候的事，現在倒不覺得什麼。基本上一直像個幸福無憂的王子，事實也是如此。等長大以後，好像理所當然的，只喜歡和個性灑脫的人交往。這你瞭解嗎？」他看著哲生問道。

哲生笑著說：「當然瞭解，看你的樣子就知道了。」

「現在我大概知道了，多半，讓雪野小姐覺得不安的就是這個。以前不太瞭解，以為她就是想甩掉我。我不否認我內心中有一部分一直認為，女孩子應該灑脫、率眞、不顯得老氣但也不孩子氣、容易掉淚、做事果斷。其實誰不是從小就被這樣教養的。問題是我把其中最重要的部分忘在一邊了。那是一些沒辦法和別人分享或一起承受的東西。」

聽他這樣說，我凜然一驚。好像有一種眞實的什麼掠過耳膜。

「好幾年來，我自己也把它忘得一乾二淨。在我很小的時候，就決心要好好守護母親，那是我非常堅強但也很難受的一段時期。我並沒有懷恨誰，也不認爲那有什麼大不了，但是和母親兩個人過日子的時候，有一種永遠不可能和別人共有的東西一直潛藏在我心裏。嗯，眞的有那種東西。不過在遇到雪野小姐之前全都忘光了。對我而言，她就是那些令人懷念、教人心痛、無奈得咬牙切齒的事物的總和。僅僅是看她撐著傘走過校園，潛藏在記憶中的一些東西就幾乎要奔湧出來，叫我騷動不已。」

「這基本上是戀愛併發症嘛。」

可以看得出來正彥對哲生的話有點火。我嚇了一跳想說幾句話緩和一下局面，倒是哲生不爲所動，繼續說下去。

「一開始我覺得不過是常見的邋遢高中老師和喜歡吃老豆腐的青年之間的故事，聽你說這些以後，我對雪野阿姨的種種也比較能夠瞭解了。」

正彥打從心底浮現一張笑臉說：

「是嘛。」

如此情景令人動容。

沒錯，如今我會來到這麼遙遠的地方，並不因爲阿姨是我姊姊，也不是因爲對事情無法再保持沉默，完全是爲了阿姨所背負屬於女性的暗黑魔力。她的頭髮、悅耳的琴聲、彈奏鋼琴的纖細手指的背後，隱藏著一巨大無比的想念。擁有失落童年的人必然特別能夠理解。那是比夜更深、比永遠更長、迢遙悠遠的一種東西。

在如此非比尋常的重壓下絲毫沒有扭曲變形的宿命中，我們仍然讓想像奔馳。然後我們一再被吸引，終於在星星流墜的森林中相聚；而且一起用餐。

就是這樣。

☆

那天夜深時刻，我和哲生一起出去散步。

我們走過漆黑的林間，走過亡靈般隱約浮現有著陰暗窗戶的一間間房子。在淡淡的月光下，我們一直往前走去。當強風吹過樹葉濃密的夜晚的枝幹時，搖曳中深綠色的氣息在夜空有如漣漪般緩緩擴散。

「那個傢伙，挺怪的——。講那些事情的時候一點也不覺得不好意思。」

哲生說話了。他沒什麼衣服可以穿，就隨便披一件我的開襟羊毛外套，看起來滿可愛的。

「說的也是，不過他人很好嘛。」

長久以來，他被阿姨影像不斷出沒的夢中風景所囚，甚至教人覺得已經難以脫身。也許這就是別人口中的幸福。旅途上的夜晚，越是優美的景色越是讓人感到莫名的哀傷。我仰望夜空，以確認消失於一片漆黑中的自己的所在。夏日的星座羅列，我們在底下蹣跚而行。

「這邊的星星多得嚇人。」哲生說。

「我們有多久沒來這裏了？」

「嗯……我好像很久沒來了。爸媽他們倒是常來。」

「眞令人懷念哪。和小時候比起來，現在所有的東西都變小了。」

「上次來的時候，信箱還是新的呢。」

「我們還放了煙火。」

「嗯，我想起爸爸提著水桶走來走去的樣子。我們每次來都會放煙火。」

小時候，想到這些好像隨時會掉下來的閃爍光點一顆顆都是星星，就無由地感到悲哀。抬頭就可以看到，塡滿了羣樹枝葉縫隙數以億計的光點。

爲什麼會有這種感覺？所有人都會產生這種感覺嗎？小時候我追問父親。爲了燃放煙火，我們爬到較高的地方尋找林間空地。爸爸一手提著水桶，一手牽著我。走在稍前的媽媽背影幾乎要消失在黑暗中。哲生興奮地抱著一大堆煙火，一個人在前面跑。爸爸回答我說：

「人看到多得不可思議的東西時，不知道為什麼就是會感到悲哀。」

我記得很清楚，包括爸爸緊緊抓著我的手那種觸感；養育我長大的這個爸爸的手，他乾燥而寬大的手掌。

和哲生在山路上繞了一大圈，準備往回走。眼睛已經大致習慣黑暗的關係，林中的樹木發著夢幻般朦朧的光暈。直接走下坡道，就可以到達我們的別墅。正彥大概還沒睡，遠遠可以看到窗戶透出的光。只要朝著那星光一樣的白點走去，踩過地上的小樹枝和乾硬的泥土，馬上就到了。這樣一想，立刻覺得夜晚林中的氣息正一步步滲入心靈細胞，因而感到一陣寒涼。

「你明天，打算怎麼樣，彌生？」突然哲生問我。

我停下腳步。也許我還不想回家裏去。抬頭望了一下星星。整個星空不管怎麼看都是令人不可置信的澄澈。

「打算怎樣……我……」此時此地，我是多麼不想碰觸這個問題。「還是想找到她呀，就這樣罷手很不甘心。不過只好先回阿姨的家看看再說，她回來這裏的可能性實在太低了。」

眞是不著邊際的回答。沒有什麼是確定的，我覺得好像在凝視無底深淵。

「唉。」哲生嘆了口氣，貼著身邊的樹幹滑坐下來。「事到如今，你還想和親生姊姊住在一起嗎？」

我張大了嘴巴。由於太過驚訝頓覺星空好像在打轉。

「哲生，你已經知道了？什麼時候？」我問道。

哲生並不看我，定定看著暗處說：

「……反正就是知道嘛。我覺得全世界只有你自己不知道而已。當然爸爸和媽媽並不知道我已經曉得。……將來，你是不是要和雪野阿姨一起生活？」

「嗯嗯。」我在哲生面前彎身蹲下注視著他。「我覺得，我唯一能夠回去的地方就是養育我長大的那個家。我也好阿姨也好都不是那樣浪漫的人。……不過，我還是想重新拾回遺忘已久的記憶，包括知道她是我姊姊，整個世界爲之一變之後種種，我都希望完整地回味一次。我知道我這些嘗試只會增加周圍的困擾，可是我實在沒辦法裝做什麼事都不曾發生。如果阿姨希望我追隨她的腳蹤，我願意。這種看起來很無聊的事情，我知道對面臨如今處境的阿姨和我非常非常重要。……知道嗎？」

「當然知道啦。」哲生笑著說。

他直視著我點點頭，我眼前的笑容美得教我張口結舌，只知道目不轉睛地看著他。在這次旅行中，哲生一次又一次向我展現前所未見的表情。剛剛的笑容也是，那是在家裏絕對不會有，也許到目前爲止只呈現在特定異性面前的表情。

……不，不對。多半，是我自己看事情的眼光改變了。在度過的每一刻全新時光裏，我第一次把橫在心中的濾鏡拿掉，於是今夜，我也以全新的眼光注視著哲生以及關於他的一切。

全新的哲生，新生的情感。我想我的視線已經離不開他。多希望用這樣的視線，像是以耳朵傾聽一樣，永遠看著他。

「你啊，看起來老是恍恍惚惚的。」哲生說：「照說你應該什麼也不知道，可是在家裏也好，上街也好，總是一副不安、充滿心事的樣子。我上國中的時候第一次懷疑雪野阿姨不是眞的阿姨，而是你的姊姊，於是一個人跑去查戶籍資料。結果你們兩個人都登記是我們家的養女。」

「……哦。」

腳邊的泥土和樹葉暈染上薄薄一層月光。此時此地，是一切旅途的終點。

「我是從一些毫不顯眼的小地方注意到的。」

我覺得我們好像在說一些非常不堪回首的事。從自己嘴巴裏面說出來的每一件事情，彷彿是在前往冥府途中的忘川河床上堆積注定要被鬼衆所毀壞的石塊一樣，蒼白、冰冷而且枉然。活著或是死去，家或是家族，只要是在所有次元中流著相同血液、有著相同本質的人或事，即使離得再遠也終將前來聚首。愛情也好，弟弟也好。

「不過，我還是眞心覺得高興。……好像人生突然變成兩倍了不是嗎？我也不認爲像原來那樣一無所知比較好。眞的。」

夜風輕輕吹拂之中，儘管我毫無保留地說出心中眞實的想法，可是總覺得眞實也在一寸寸遠離之中。也許，到目前爲止只有交叉相握放在我彎曲膝蓋上方的指頭說出了眞相。

就是在那個時刻。

突然哲生伸手緊抱住我。我膝蓋碰到地面，但一點也不覺得意外與害怕。我只是以非常近的距離定定瞧著他身上所披我羊毛外套前面的貝殼鈕扣。哲生放在我背上的大手，帶給我極爲異樣的感受。從他的身上，正散發出「我們家」的氣味。那是養育我的這個家的樑柱、地毯和衣物等等特有的氣味。反而是這個氣味亂了我的心緒，使我更覺難過，眼淚幾乎奪眶而出。沒辦法我只好抬起頭來，正好看到他鑽石般的眼瞳。它是如此悲傷地閃爍著，以至於我不得不閉上雙眼，然後我們開始擁吻。如永恆般悠長的吻。

在這個世界上，做與不做之間有著一百八十度差別的事情是有的。我們的吻就是。長吻之後，我們無言地站起來，拍拍身上的泥土，回到別墅。接著微笑互道「晚安」，各自進入不同的房間。

☆

我睡不著。

整個人好像被倒吊起來一樣，又彷彿一個人目送黑暗中漸行漸遠的船隻。陰沉而哀傷的心鼓動著。甜美的黑暗。稍一回神發現一顆心不知不覺中正在回味哲生的唇。我也記得當我的臉滑進他胸前時雙頰的觸感。

對我而言世界上已經沒有比這些更為確實的東西了，為了這個我可以付出一切在所不惜。然而如今的我也好像看見宇宙的深淵一樣覺得無比孤獨。對兩人而言，未來既無處可去，而今天也不會重來。即使兩個人在如此澄澈的夜空底下想著同一件事，但是當第二天早晨的太陽一照，一切都會像薄薄的積雪一樣迅即融化無蹤也說不定。

我現在已經沒有力氣去想一些比較有希望的事情了。我的心疲憊已極。直到與阿姨再會的一刻為止，其他一切種種都不能不使之暫時平靜下來。

做了，終於做了，我竊想多半哲生也同樣在深夜憶念著這件事。

是個陰陰的早晨，我隔著窗戶遙望森林中微細的冷空氣像霧一樣緩緩流動。

我終究是沒睡好。

☆

床墊和被單都是新的，我橫躺在乾爽的被窩中遠眺高原多雲的天空，覺得美麗無比。反正已經睡不著，我起身打開紙隔門來到走道上。整個屋子一片靜寂好像是夢中所見的日本式住家；我走到廚房。一大早就吃昨天剩下的咖哩未免太沒有想像力，想做點別的，然而頭腦空空如也。這一陣子，一天比一天長，每天都發生過多的狀況，叫人心神渙散。

我赤腳站在冰冷的地板上，把凍得嚇人的水裝進水壺中加熱。應該有些什麼吧，我正打開冰箱想看一看的時候，正彥進來了。

「您早！」

雖然時間還早，但他全身上下已經打理得整整齊齊。

「早。你出去了嗎？」我問道。

「嗯，出去散了一下步。」

他笑了笑在客廳的沙發上坐下。就旁人的眼光看來，他這種充滿笑容的生活態度正是與阿姨不同教阿姨覺得害怕的地方。她擔心的不僅僅是師生之間的道德問題或是年齡的差距，她一定像厭惡外星人一樣厭惡著他的健康開朗。她害怕一個人長久維持下來的小小格局、任性隨意的生活發生變化。我覺得我非常了解她的感受。就她稚氣的一面而言，戀愛的暴風雨過去之後，馬上又可以回歸原來生活的軌道，這種可能性是很高的。總之難以想像阿姨會成爲一個與人認眞交往的情人。

好像第一次淸楚看見阿姨這個人的弱點，因而有些難過。對可怕的東西、討厭的東西、容易傷害自己的東西裝作沒看見，是阿姨典型的作法。這讓我想起傘桶的那件事。

☆

有一次離家出走去住阿姨家時，我把我的雨傘理所當然地就插放在玄關的傘桶裏面。兩三天後下起雨來，我上學時順手取出雨傘。那是一具相當舊的箱桶，並沒有其他的雨傘放在裏面。當我看到雨傘時差點嚇死，整支傘都長霉了。我驚慌失措，跑到阿姨的房間。阿姨一如往例又不去學校，仍睡在床上。我走過散置滿地的衣服，把阿姨搖醒。

「什麼事啊——？」

半睡半醒的阿姨突地坐了起來。

「玄關那個桶子，你看過它裏面嗎？好可怕唷——，不知道長了什麼東西，我的雨傘整支都發霉了。」

「喔，那個啊。嗯，我都是用折疊傘，所以沒使用過，因爲一放進去就很難拿出來嘛。以前是放傘的沒錯。對了，你的傘到底怎麼了？」

阿姨的頭髮披散滿臉，講話的聲音不清不楚的。

「上面全部發了霉——，太可怕了。」我驚魂未定地說。
阿姨暫時把嘴巴緊閉成ㄟ字形，看著打在窗上的雨水，才一會兒她又說話了：
「有了，讓它們消失吧。」
「你說什麼？」我問。
「把那個桶子連雨傘一起拿到房子後面找個地方一放就沒事了。那，既然在下雨，了不起不要出去嘛，不過是今天一天。」
說完阿姨又縮到棉被裏面去。
我只好認了，照她所講的把那個沉重的桶子搬到房子的後面。我踩過長及膝蓋被雨打濕的雜草，第一次仔細看了看這間像廢屋一樣的住宅後院，比我想像的還要嚴重；更不要說滿地都是阿姨所謂要「讓它們消失」的物品，堆得高高的，任憑風吹雨打。什麼東西都有，實在很難判斷有些大型廢棄物是從什麼時候就丟到這裏的。不知道怎樣搬過來的大書桌，還有舊式的塡充玩具等等都有。所有不想再看見的東西，好像都沒有經過愼重考慮就丟得亂七八糟的。我想到阿姨對人是不是也同樣說丟就丟，不禁有些難過。
我站在雨中，默默看著那些被「做」掉的東西。

☆

「你在做什麼？」

那個說不定已經被阿姨「做」掉的正彥從客廳大聲問道。在洗青菜的水聲中我回答他道：

「嗯，做一下早飯。」

「我來幫你。」

說著起身走了過來。

「叫我做什麼都可以。」

「不用了，我自己來。……您會做菜嗎？」

我苦笑了一下，怎麼和平輩的人講話也用起敬語來了。但他總是讓人忍不住要正襟危坐。或者他本來就給人這種感覺，或者是因爲苦戀教他成熟許多，我從一開始就覺得他像個年紀老大不小的人。

「嗯，拿手絕活。」他笑著說。

「那麼，這個麻煩一下。」

我把準備放到味噌湯裏面的豌豆裝在透明盆子裏拿給他。他笑著接過去，坐在地板上一心不亂地揀著。他做什麼都非常專注，像小孩一樣盤坐在那裏用他的大手剝豌豆，讓人看得心花怒放。

「我媽，現在是過世了，當年她身體情況一直很不好，所以讀小學的時候都是由我做晚飯。那時雖然小但也知道要考慮營養的均衡，希望媽媽吃了身體能好起來，所以煮飯做菜我是老資格了。」

我一邊熬湯，一邊把預備的砧板及料理刀拿出來，和裝在透明包裝袋裏面的配料一起交給他。一不注意，他已經把那些材料切得既細緻又漂亮。眞有一套。

「阿姨她從來不下廚房的吧？」我問。

「對，從來。她呀，不知道是根本不會做，或只是不做呢？」

他笑了。

「我看是不會做吧。」我說。

不是嗎，她就像個都市中長大的野孩子。她成長的地方，是一個沒有別人會站在廚房做飯、沒有人清理房間、洗衣、修理東西的寒冷所在，只有她一個人孤獨地生活著。發生這麼多事之後，每當想到這些，我的心就會刺痛不已。要是當年遭逢意外事故的時候我年紀再大一點已經懂事的話，或許可以兩個人一起生活，這種想法不斷地出現在我的腦海。然而還是走上各自不同的命運，以各自不同的方式成長。一切都沒辦法還原了。只是一種鄉愁，比廢棄物還廉價的鄉愁。我們對彼此的人生都幫不了什麼忙，就是這樣。

「她這個人，連罐頭都不會開呢。」想起這件事，正彥笑著說：「常常，我做飯的時候，請她幫點小忙。結果既不會開罐頭、也不會削皮，還說我沒大沒小，看她那樣子就覺得很有趣。我似乎有嚴重的戀母情結，對她這種個性非常好感。我媽媽也是，幾乎什麼事也不做，整天躺在床上，卻躺得理直氣壯。」

人是多麼可悲啊，沒有辦法完全擺脫童年時代的枷鎖。早晨眞正降臨了，薄薄的陽光鋪滿大地。我的手也沐浴在陽光中，而睡意則一分也不少地繼續滲透到頭部的每一個角落。

「這個……」

正彥把手上處理好的材料遞給我的時候，突然變得很認真，欲言又止。

「什麼事？」

我把東西接過來，捧在手上。

「想問個不禮貌的問題，彌生小姐是雪野小姐的……」

我總覺得這件事除了我以外全世界的人都知道，所以立刻感到他是多此一問。我避開他的眼睛，轉過頭來面對流理台說話。

「知道啊。她是我親生的姊姊。」

他也感覺到我的話稍微帶點刺，趕忙說：

「非常抱歉。」

等等，我覺得有些奇怪。他一定是從阿姨那邊聽來的吧，這可眞有點不可思議。我堆起笑臉說：

「嗯，沒關係。不過，你是怎麼知道這件事的？」

「雪野小姐告訴我的。」正彥毫不遲疑地說：「她說她有一個妹妹，但是並沒有住在一起。那麼是住哪裏？不管我問多少次，她都含糊其詞，什麼山那邊啦，世界的某個地方啦，不太理會我。但是她還是一次又一次地提起這個妹妹。只不過每次似乎要進一步再講些什麼的時候，馬上又會閉嘴不語。這件事我一直耿耿於懷，昨天與您見面時，第一眼我就知道了。這個人一定是雪野小姐的妹妹。」

「是嘛……」

我有些百感交集。正彥深黑色的大眼珠呈現明亮無比的表情，他接著說：

「其實我對全部的事情一無所知，倒是在我常常去找她的那一陣子，完全看不出她和她這個妹妹有什麼往來。而且她對家族的事更是守口如瓶，只知道父母已經不在，有一個妹妹，以前住的地方庭院裏有個池塘，就是這樣。我一直很不放心她，現在不會了。你們既然會找她找到像這樣的地方來，那就表示她一定還被人深愛著。」

「嗯，當然啦。」我說：

「不管到哪裏我都會去尋找，不管到什麼時候我也都會等她。」

「我也是。」

他笑了。毫不心虛的笑容。這一陣子和他、哲生還有阿姨在一起，我感到從小一直伴隨著我的一股莫名的心虛和自責感已經消失無蹤。好像新的事實揭露之後，新生的自己終於可以正常呼吸了。現在我眞希望他能夠再一次、在最適當的時刻與阿姨邂逅，把所有的話說清楚。然後隨著時間的推移，阿姨的心意或許會改變，重新接納他也說不定。這樣他們之間的問題將會得到解決，兩個人也可以過著幸福的日子。

不久他將會開始整理那個可怕的家，讓清運大型垃圾的卡車把堆積如山的廢棄物載走，窗戶和門也得到修理。那個家將重新落成啓用。在那裏，阿姨和正彥也將一起生活。他們會活得自在而快樂，庭樹修得整整齊齊，小孩在陽光下的陽台笑鬧。如果我和哲生不是姊弟關係，那麼我們將會聯袂去拜訪，而我和阿姨也可以眞的像姊妹一樣交談……這一切的一切都太遙遠了些，障礙也太多太多，彷彿樂園一樣，只是在遠處閃閃發光的影像而已。……當然，並不是所有會發光的東西都是好的，但這個影像也未免太不實際、太令人暈眩了，就當它是個祈願吧。突然，我有一種強烈的感覺：這是可能實現的，那一天終將到來。

我走出廚房說道：「再三十分鐘飯熟了，我們就開飯。」

頭有點昏昏沉沉的，眞想再回到被窩裏躺一躺。

正彥笑著說：「知道了，我來布置餐桌！」

☆

早飯時兩個人見面的那一剎那，幾乎是條件反射的，我和哲生都同時回復到姊弟關係的精神狀態中。哲生天生那種個性是不會輕易改變的，所以看他一點也沒有不好意思的樣子，心情也很篤定，好像發生再驚世駭俗的事，也不覺得有什麼值得非議之處。由於他這樣的態度，使得我也不必故意裝作什麼事都沒發生，只是心裏面輕微不舒服而已。

回東京的火車，我一上車就窩在座位上，嘴巴開開的，只管睡。一路上即使靠站停車我也沒有知覺，途中我只一度曾有模糊的半醒狀態。

那時，哲生和正彥正小聲地談話。我的鄰座是哲生，正彥則坐在對面的座位上。我的頭斜倚車窗，半睡半醒，昏沉中聽到他們講話的聲音。

「如果比我先知道她的下落，即使她說不能講，也請一定要通知我。我不會添麻煩的，拜託，可不可以呢？除了你們以外我一點辦法也沒有了。」

這是正彥的聲音。基本上是這一連串事件局外人的哲生，暫時沒有什麼表示。我們的腿輕觸著，他傳來的體溫似乎在告訴我他的躊躇。他是不會隨便答應一些他不能負責任的事。

「好，我答應你。」哲生說：「告訴我地址電話吧。」

正彥在漂亮的黑色筆記本上快速書寫，然後撕下來交給哲生。

「不要擔心啦。雪野阿姨也不是笨蛋，我想很快她就會跟我們見面的。嗯，相信我吧。」

哲生笑了。正彥眼珠子亮亮的看著哲生，說：

「聽你一說，好像事情眞的就會變成那樣。」

窗外，顏色深淺有別的田園風景不斷出現又消失。我雙眼微睜，看到天空中同一個位置上太陽在雲後時隱時現，發光的雲朵彷彿隨時會融化。

我帶著睡意下車，眼前接近正午的上野車站（Ueno-Eki）有如異國。所有的景物鋪上一層淡淡的陽光，看起來有些失焦。

☆

正彥以開朗的笑容和我們揮別。在上野車站看著人羣中他高挑的背影，才第一次感覺到或許他眞是個帥氣的傢伙。想歸想，整個人還是非常疲倦。我走得搖搖晃晃的，嘈雜的人聲、車站的廣播聲，都讓人覺得透明而遙遠。在人羣中，我好像躲在哲生的影子裏走著。好想就這樣子坐上電車，和「弟弟」一起回家。好想把沉重的行李往床上一丟，髒衣服全部往浴室的籃子一塞，一面笑著說累死了累死了，一面坐在餐桌上看電視，和爸爸或媽媽說話，把沒有見面這些日子產生的距離感一舉消除。然後，埋頭大睡。睡覺時會聽到哲生在走道上啪搭啪搭的腳步聲……啊，想家，想得頭暈又目眩。

但是這樣做是不行的。

「簡單吃點什麼吧。」走過車站中那座大貓熊塑像時哲生說。

「好啊。」我說。

人聲鼎沸、空氣混濁的車站裏面非常悶，教我越發疲憊。

「到街上去吧。」

「嗯。」

出了剪票口，往上野公園走。被濃綠包圍的古老建築物發出微弱的光。迎面吹拂的風已經有初夏明朗的氣息。風中搖擺著的綠色行道樹在瀝青路面投下淡淡的影子。寬廣的公園中，到處都是意態清閒、面容祥和的人。我們默默地走著。

——待會分手之後，再見面就是家裏了。一想到又要像過去一樣生活、見面，心裏面好像被強風橫掃而過，更加不知如何是好。愛情就是愛情，是活的，是很特別的東西。反正無論如何也停不下來了。

「吃點東西吧。」

哲生轉頭過來。

「黑船亭。」

我說了一家常去的西洋料理店名字。

「就是它！」

哲生又開始往前走。步下長長的石階，走到街上。突然滿耳都是車聲。在別人眼中或許像是一對剛從一場小小旅行回來的情侶，我們絕望的身影映照在商店透明玻璃門上一如幽靈。

我注視著哲生走路時輕輕晃搖的肩膀，一邊想，他可以回到他升學考試的世界去眞好。我一向喜歡從後面看他走路的樣子。他的腳步總是那樣穩健，教人看了有些哀傷。挺直的脊粱，走起路來稍微外八字的大大的步幅，寬闊的肩膀，輕盈擺動的手腕。我邊走邊詳細地看，好像世界上只剩下哲生和我。四周那麼多來來往往的人羣、汽車、五彩繽紛的大街，甚至阿姨，此時此刻好像全都消失了。只有哲生。

過去的幾次戀愛，從來沒有發生像這樣連風景都消失的狀態。

☆

吃東西時，一直不作聲。哲生把手肘壓在桌巾上，看起來也是心事重重。我把法國麵包撕成一小片一小片，慢慢地嚼著。多希望這餐飯永遠不要結束。

「你會跟我一起回家吧？」

哲生突然出聲。

「什麼？今天還不會回家的啦。」

我有些意外的回答他。從他那種急著想質問什麼、脫口而出的語氣，顯出他的年輕稚氣。

「不是啦，我是說那個以後。」哲生說。

「當然會回去囉，我還能去什麼地方呢。」我說。

但我感覺到心臟正劇烈地跳動。哲生端正地坐著，吃東西的手也沒停下來，說：

「我想，等我考上大學後就搬出去住。」

我無言。

「最好是遠一點的大學。反正遲早也要離開家的。一開始也許有些麻煩，時間久了也就習慣了。這樣好嗎？」

我知道哲生是把到今天爲止我們之間所有的感情、所有的默契都放到這幾句話裏面了。他這樣一來，我更加不知所措。他是知道的，他從小到大總是有求必應，他也很清楚在每一次要求一件東西的時候，如何讓別人無法拒絕。當他把這種傲慢有生以來第一次用在我身上的時候，我心裏雖然感慨萬千，但最強烈的一個反應，是來自比做爲姊姊、做爲女人都還要深刻的地方。

也許那是接近慈悲的一種東西。有一種不忍的感覺。

我覺得心痛。如此在雙親的呵護下長大的一個孩子，而我卻愛上了他。我握住哲生放在桌上的手。哲生稍感驚訝地看著我的手，我是情不自禁。他的手還是和小時候一樣，堅實而溫暖。

「沒關係，我出去好了。」

我說這話是眞心的。我想這樣也好。搬到阿姨的家，和阿姨一起住的種種，漆黑的走道，吹一整夜的風，羣樹的聲音。還有那甜美的側臉，鋼琴的旋律，溶溶的月，早晨有綠色氣息的陽光……未來的光景一舉浮現，而我也非常能接受這一切。基本上是很理想的未來。如此說來，那麼我和阿姨住在一起時那些異樣的感覺與氣氛也就很理所當然了，而那些都是已經不可能存在這個世界的另一場稍縱即逝的夢吧。至於證據，被哲生說出來了。

「不可以，你不要逃避。」

我驚訝地看著他時，他的眼光充滿了悲哀。

「你不要把兩件事攪和在一塊。我離開家和你搬出去住完全是兩回事。」

「我知道。」我說。

我知道他正在顫抖。哲生喝了一大口水說：

「這次你離開家時，讓人覺得非比尋常。當然爸爸、媽媽應該也有這個預感，我更是飽受打擊，整個人都很不對勁。」

最近我常感受到不只是率眞，而是充滿意志力的眞誠情感的迸發。縱然只是一閃即逝，即使它一直在變化，但那在一瞬間包含了所有情感的信任眼神，總是讓我深受感動。

哲生直視著我繼續說道：

「我到目前爲止所做的許多事情的出發點，都是爲了消除因爲你而產生的煩惱。當然，有時候所做的事情滿有趣的，以致忘記原先的理由也是常常有的。從很早以前就不把你當姊姊看了，不如說是老在家裏出沒教我心儀的小姊姊，一直都是這樣。從來沒有把你看做其他的身分，主要是本來就知道你是誰的緣故吧。如果你一輩子都未能察覺的話，我想我也會一直扮演弟弟的角色。這些事眞是一言難盡。不過，不知道怎麼的你想起了一些事。媽媽神色不對之後沒幾天你就走了，我就知道這一次一定有事。」

「這一次，爲什麼？」

「你以前至少會打個電話回來。」哲生笑道：「你常常唱空城計不是嗎？兩、三年前也有一次，你跑到雪野阿姨家，好像三天沒有回來的樣子。」

我也跟著笑起來。自己想想也覺得有點奇怪。

「這一次我特別緊張，一直想，完了，怎麼辦，她什麼都知道了，說不定永遠不會回來了，就這樣煩惱得不得了。我問雪野阿姨：『彌生，她在嗎？』那時心臟緊張得都快爆炸了。我也告訴自己從現在起大事終於要發生了。然後，阿姨問我：『怎麼了？』

問得好奇怪，我也覺得很丟臉。我知道我說溜嘴了，接下來不知道要說什麼才好，她呢在電話那邊偷笑，掛了以後，我覺得不可告人的事情已經全部曝光。雪野阿姨有那種把事情一眼看穿的本事。……等狀況實際發生後，會不會是因爲已經有心理準備的關係，反而沒有什麼大不了的，眞是白緊張了一場。」

「如果我們沒去輕井澤的話，」我遲疑地說：「什麼事也不會發生，要是不一起去輕井澤的話。」

「……也許吧。但是一切都那麼順遂而自然，好像美夢成眞的感覺。」哲生說。

他微蹙的眼神柔和。我同時看到哲生還有我眼前橙汁顏色的美。濃密但是通風良好、閃閃發光的愛戀之情佈滿了兩人所圍成的小小的空間。

「我們不是因爲夏天快到了才變得不正常的吧？以前是會這樣的哦。」我說。想確定一下。

從小時候開始。

拿他和別人比較的時候。

一想到如果不是他就很受不了。

「你不要疑神疑鬼了！」

哲生說著就笑了起來。

「那今後，將會很有意思囉。」

「對啊，很有意思啊。」

明明是情人之間的對話，可是他浮起的又是弟弟的笑臉。那是一種讓人幾乎無法消受的酸中帶甜的感覺。因爲他一直在等待，住在同一個家裏面，裝作不知道的樣子苦苦等待這一天的到來。

我們在車站分手。我坐上往阿姨家方向的電車，哲生回家。

哲生跟往常一樣，說「再見」然後步下樓梯，並沒有再回頭。我站在原地，看一下他的背影。他的上身挺直，兩隻手隨著步伐毫不遲疑地擺動。

他將會如何直視正前方，帶著微彎的背部曲線，跨著大步坐上電車，將會如何坐在椅子上，以什麼樣的表情看著窗外，我閉著眼睛都可以想像。形影不離的三天，一切就像遙遠的殘影般在胸中徘徊不去。我只感到甜美的事物終於完成的悲哀情愁，在內心深處靜靜流淌。

身體雖然疲憊不堪，心思卻清清楚楚，所以從路上抬頭一看陽光照射下的阿姨家，馬上知道她還沒有回來。由於帶著幾分期待，不免有些失望。一時之間心思就亂了。

總之還是走到房子前面，開了鎖，旋轉門把，然後跨進闃寂無聲的屋子。家裏面安靜有如夜晚。我深深嘆口氣，把行李拿到房間去放。接著拿出一些乾淨的衣服，到浴室洗熱水澡。

☆

把整個人放進浴盆中，覺得所有的疲勞流得一滴不剩。在蓮篷頭不斷灑下的熱水中我斷斷續續地思考著。底下要怎麼辦，小睡一下嗎？我閉著眼睛想，然而馬上浮現的卻是阿姨的身影。腦海中老是看到阿姨坐在輕井澤的廚房餐桌上……嗯，她多半是坐在那邊寫下留言條的吧。我想就是這樣。長長的頭髮垂落在餐桌上，一邊念念有詞，一邊隨興地留言給我。心裏面想著根本不知道來不來的我，留下字條。……我強烈地想要阻止阿姨繼續旅行。總覺得如果沒辦法在這裏逮到她，她將一輩子旅行下去。我多想告訴她，有些事不能太過執著。

在蒸氣瀰漫中，我呼喚著阿姨。視野一片模糊，在熱水中浸泡太久的手腳一點也使不上力。眼看已經毫無辦法可想，可是我還是任頭髮濕濕的，坐在原處，全神貫注搜尋阿姨的蹤影。

洗完澡後我還是不死心，最後一次試著打開阿姨的房間看看。剛從熱烘烘的浴室出來，整個頭昏昏沉沉，但仍然抱著或許可以發現什麼不一樣東西的心情走進房間。裏面跟她離開時一樣凌亂，地板上連踏腳的地方都沒有。由於空氣不流通，房間非常悶熱。我打開窗戶，讓午後清爽的風吹進來。濃濁的空氣好像一下全都消失在明亮的屋外。

我憶起第一次進入這個房間的事。我還是小學生，在冬天，阿姨彈著鋼琴。我聽到了鋼琴的聲音，記得很清楚那是不久前在睡眠中聽到的。那天晚上，阿姨一個人在這裏彈鋼琴，然後才去睡覺……不，也許沒睡。接著，她就出遠門了。把衣櫥幾乎打翻過來，要帶走的東西亂塞一通，無論如何一定要出去做一趟旅行，以避開第二天早上和她妹妹也就是我面對面。——我走近鋼琴。一架音樂教室才會有的大型鋼琴，看起來很好坐的木製椅子。我不會彈琴，就在椅子上坐下。揭開沉沉的琴蓋，按了按象牙色的鍵盤聽聽它的聲音。深邃而優美的音色在寧靜的家中嘹亮作響。

當我把琴蓋闔上站起來時，發現鋼琴後方那隻腳邊有一本書掉落在那裏。

這時，我懂了。

唉，爲什麼沒有想起來呢。我好像發現貴重無比的寶物一般趕忙檢起來。果然沒錯，青森的旅遊指南。不是嗎，那天阿姨看著遠方說道：

「……家族，最後的旅行。那一次我們準備去青森……」

我想一開始阿姨並沒有打算要去那裏。當她衝動地在輕井澤打電話給正彥後，似乎突然看清了一些事實。於是，無論如何非去不可……旅遊指南上在「恐山⑨」的地方作

---

⑨：Osore-Zan，位於青森縣下北(Shimokita)半島中央的休火山，有硫氣孔、間歇泉、火口湖等地貌，爲著名宗教靈場，傳承通靈巫術。

了記號。這是一本很舊的書，多半是我們的父親留下來的。上面有大人的筆跡寫下的旅館電話，還有仔細抄寫的一日遊行程等等。我把眼睛貼近漫渙的鋼筆字跡，並輕輕撫觸這本散發著紙張味的書。這就是「爸爸」，我想。爸爸的字。實實在在來過這個世界的一個人所遺留下來的痕跡。

我珍惜地捧著書走出房間。我確信這一次一定沒問題，只要按照書上的行程走，到那家旅館去找，一定可以見到她。等我把行李整理好，走下樓梯的時候，電話響了。

不管是誰打來的，一定很重要。我慌忙地跑到廚房，拿起聽筒。

「喂喂？」

傳來媽媽的聲音。我突然想大哭一場。超越了所有理性、所有事件，聲音在我疲憊不堪的頭部迴響。那是和我第一次外宿時、還有考試名落孫山的那個冬日從話筒彼端傳來的同樣聲音。瞬間，媽媽的聲音無條件地在我的世界甦醒了。

「媽媽？」我說。喉嚨乾乾的。

「唉呀，彌生。只是想打個電話看看你到底在做什麼。不要再玩了，請快點回家吧。爸這次是眞的生氣了。」

她一定是把這些日子來種種傷腦筋的心緒全部壓抑了下來，只聽到她以輕快的聲音講完以後，又叫了阿姨的名字。

「雪野呢？」

「啊，」我說：「正好出去買點東西。有什麼事要我轉告的嗎？」

「是嗎，不用了。倒是你，等你回來哦。就這樣，再見了。」

媽媽的表情也好，她在走道上所站的位置，還有牆壁上木板的紋路都逼眞地浮現眼前。

「再兩、三天，我就回去，絕對保證。眞的很抱歉，我沒事了。玩得很快樂。」我說。

這次，以及今後，說不定盡是一些讓她傷心的事。這時在電話彼端傳來關門的聲音，然後聽到「我回來了」，哲生已經到家。

「好吧，眞的，等你哦。」

媽媽再一次輕聲地說。

「嗯，馬上就回去。」

講完掛上電話。爲了排除寂寞而神傷的遺緒，我趕忙起身走向玄關，抓起行李，急急前往車站。太陽仍然高懸，多雲的天空深深映入眼簾，教人有些暈眩。

我向青森出發。

☆

開往盛岡（Morioka）的新幹線，一路飛馳過在曖曖的光中展開的陌生風景。

肉體的疲勞已經達到極點，我幾乎都在睡眠狀態。雖然也曾醒轉好幾次，但是並不覺得目的地更接近了些。

這一趟肯定可以見到阿姨。我深信。摒擋一切，我正朝阿姨走近。身體的倦怠反而讓感覺完全開放，覺得非常舒服。

前方不見。眼前，如此甘美。我認爲這樣很好。錨已經拉起，帆已經漲滿，不久之後將會看見優美的波浪與天空，幸福不遠。這一切是被許可的。

等回到家，晚餐時刻餐桌上擺滿我喜歡吃的菜，父親也會提早下班吧。還有，媽媽一定會叫我打掃房間，然後對我一一解說我不在期間新開的花。所有這一切都回復到原來的軌道上並不會花太多時間。在我裏面所發生的質變，也將隨著年齡的增加而被稀釋掉吧。啊，說眞的，我一點都不覺得一無所知是好的。

……我鬆了一口氣。一切總算，接近塵埃落定的時候了。在四處追尋、摸索的這些日子裏幾乎失去的自信，現在完全恢復了。正向北方接近的車窗，像夢一樣發出朦朧的光。身體整個沉在座位上一動不動。乘客稀少的車廂內，車輪傾軋過鐵軌的聲響和乘客交談的話語以同樣的調子流動著。眞想一直待在電車裏……搖擺的節奏好像成爲身體的一部分……也許我是睡著了，也許我什麼都看得淸淸楚楚。因爲幾天來想的不外是往事，加上剛才看見了「爸爸」的筆跡，

我，就這樣憶起昔日情景。

☆

「明天，要去青森玩哦。如果有什麼要帶去的東西，可以裝到這個背包裏面。」姊姊伸出細細的手把背包交給我。對於旅行，我並不是不喜歡。然而，從來沒有如此悲傷的黃昏。現在想來都會顫抖的深沉的悲哀。我就是覺得不安而孤單，黏在梳著頭髮的媽媽旁邊。要是能夠將一切都緊緊握在我小小的手上就好了。哀傷的感覺一陣陣襲來，毫無停止的跡象。

「好，好，我知道了。讓彌生幫我結辮子。」

媽媽笑著說。沒錯，是個輕聲細語的人。我在她的背後傾聽那低沉聲音的迴聲。她散發著香氣的長髮，讓我用小孩笨拙的手編成辮子。媽媽對著鏡子高興地笑著。

「爸爸呢？」我問。

爸爸不在視線以內教我頓覺不安。榻榻米是舊式的，深色的飾邊很寬。在炫目的西曬中，庭園和水池的色彩相對沉了些。

「買旅行用品去了。我看又會買很多無關緊要的東西回來。說不定也會給彌生買個小禮物呢，爸爸呀，很久沒去百貨公司了。」

儘管媽媽這樣說，我也沒有絲毫高興的感覺，「為什麼不早點回家呢？」我說著眼睛裏噙滿了淚水。我的預感，和那時秋日的黃昏非常相像。陽光彷彿一直射進我胸臆的最深處。

「唉呀，怎麼哭了，這個孩子。」

媽媽的眼神也像是要哭出來，兩手扶著我的雙頰。這教我更加熱淚橫流，並抽搐起來。媽抱緊了我，親切地問發生了什麼事。她就是那種看人家哭泣自己也會傷感起來的溫柔而心軟的人。

「彌生？」

聲音從背後傳來。回頭一看，姊姊站在那裏。

「我們一起出去散個步吧。你這樣媽媽根本沒辦法做事。」

我點頭站了起來。媽媽給姊姊零用錢，要她買點什麼。我記得她錢包的圖案，黑底上面有小朵薔薇。

「走到盒餐販賣店就回頭哦。」媽媽吩咐。

爸爸喜歡在百貨公司買盒餐，每次都會帶許多不同口味回來。然後，就在庭院裏架起一盞燈，有如夜間的野餐般享用這些飯盒。好幾次，爸爸吃完就在那裏睡著了。有時三個人合力把爸爸抬進去，有時媽媽就在外面鋪上寢具，總之大家都樂得一塌糊塗。姊姊常常用油性快乾簽字筆毫不客氣地在爸爸臉上塗鴉，爸爸也不生氣看著鏡子直笑。他就是那樣的人。有時他也會趁姊姊睡著時給她畫上鬍子作爲報復。他那時，沒錯就在那時，剛剛買了一輛新車……因此，才興起出門一遊的想法。

我在那個似夢非夢的情境裏，與童年時的自己完全同化了。好像把過去全部再來過一次。一切都是如此令人懷念，直奔胸臆，泫然欲泣。

火紅的黃昏。

橫亙秋日天空的血色雲層，一直綿延到遠方的街上。我讓姊姊牽著手，走出木門。和長我好幾歲的她在一塊，世界顯得一片祥和。沒有教人害怕的事物。我拜託她待會兒彈奏一下鋼琴。我最喜歡姊姊彈的琴了。背著傍晚的天空，姊姊在風中笑著，她那大人般的笑容，以及手掌的溫度，都飽含哀傷。

那是哪一個城鎮呢？

那裏有古老的商店街。窄小的街道兩邊，放眼望去都是人影雜沓的黃昏的店家。魚鮮店、蔬果店、乾貨店，許許多多的聲音和味道混雜在一起。我從一個小孩的角度，仰望令人眼花撩亂的輝煌燈火。熟識的大人不斷向牽手走過的我們打招呼。「雪野！彌生！」撫摸頭部溫暖的手以及同樣溫暖的笑容。我不禁悲從中來，大家是這樣地和善。

啊啊，在如此美麗動人的黃昏中，我想我小小的心靈已經充滿哀愁的預感。

因爲從那天以後，我的家族再也沒能回到那個曾經幸福生活的小鎮。

我在東北本線⑩野邊地(Nobeji)車站下車，換搭前往恐山的計程車時，天已經快要轉黑了。由於短短一天當中移動了太長距離，導致一切都麻痺起來，車窗中不斷後退的風景，只能當作電影一樣看著。車子在初夏的山路上漸漸往上爬，迴光反照的天空顏色非常迷人。剔透而鮮明，無止盡地延伸到遠方綠色山巒的背後。

也許是緣於非找到阿姨不可的焦急心境，我感到整個人正靜靜地溶入風景之中。轉過幾個彎道後，山路更加傾斜，然而我的信心也逐漸增強。她一定在，就在不遠，情緒因此不可思議地平靜下來。沉落中的陽光從計程車的窗子照射在手腳上，一切似乎都充滿了透明感。

聽到司機按了幾下喇叭，我驀地看了看前方，不遠的路旁有一個飲水處。令人不敢

⑩：從東京上野到本州最北端青森的幹線鐵路。

置信的是，阿姨正站在那裏。

「那是什麼？」我問道。

「是冷泉，要下去看看嗎？」

阿姨完全沒意識到有車子開過來，拿著杓子一口口喝著泉水。她就像從附近過來散步的樣子，雙手空空，深藍色的長裙在風中飄舞，神情悠然地一個人站在那裏。

「對，請讓我下車。」

車子停妥，我步下車子。風有些涼。終於，見面了。

阿姨立刻注意到我。她看到我往上朝她走去，於是停下手中本來要再裝滿一杓澄澈泉水的動作，慢慢轉過身來微笑。那是教人全身爲之一顫的鮮烈無比的笑容。那也是我所看過她最美的一刻。在陡峭的懸崖和山路中，她好像呼吸著深綠色的風景。非常從容而且幸福的樣子，看起來整個人似乎變大了一倍。風吹著，時間像要中止，然後她笑著說：

「你終於來了。」

甜美的聲音。

「什麼時候回去，你下不了決定吧，彌生？」

我慢慢走到阿姨面前站定，風吹得很舒服，我看著她的眼睛。泉水淙淙流過腳底下。

「一起上車，到恐山去。」

我指著停在身後的計程車說。

阿姨點點頭，把手上杓子的水慢慢倒掉。然後她又站回原來的位子上，再一步步走向車子。

阿姨在我鄰座坐下，說：

「那一天，彌生也是像這樣坐在我的旁邊。」她的眼神有如夢一般遙遠。「到現在我還是覺得難以相信，那一切種種都曾經在現實中存在。」

「我們全家，應該是要去恐山不是嗎？」我說。

「沒錯。但是結果，我們並沒有抵達。」阿姨說。

她的側臉幾乎被頭髮遮蓋，只見得到嘴唇正吐出那哀傷的話。這時，我又想起來了。

就像這樣開著的車子裏面，確實坐了一家四口人。前座是爸爸和媽媽，我們在後座。車子在坡道上慢慢加速的震動中，我們確實一直到事故臨發生前爲止都還在做最後的快樂對話。一切都清楚浮現眼前。爸爸平靜而深沉的眼神，還有媽媽雙肩柔和的線條。

「喂，這一帶就是事故現場喔。有沒有什麼感覺？」

阿姨笑著說。不過幾秒的時間車子就通過了那裏。

「什麼感覺也沒有。」

我說，也笑了起來。眞的，確實沒什麼感覺。我痴痴望著西邊山巒稜線上隱微的光亮鑲邊，空中反照著淡紫色的光影。美極了。

我請計程車在湖邊的紅橋那裏等一下，我和阿姨朝恐山的入口走去。

爲什麼會想到要帶家人來這種地方呢？眼前是一片不可思議的光景。好像迷途而闖入了一個異樣的世界。一柱柱聳立的岩丘一望無際，豎了大量的地藏菩薩⓫石刻像，顯影在黃昏醉人的藍色天空背景上。無數的佛塔在風中輕搖，烏鴉四處翔舞，荒涼得寸草不生的白色熔岩地面，發出嗆鼻的硫磺氣味。

我到此刻還不太能相信意外相會的阿姨就在我的身邊。我們一路走，碰見不計其數的雕像。疏落的人影夾雜在岩石之間，看起來好像玩具一樣。許許多多的祠堂建築，在廣袤而荒涼的大地上留下長長的影子。有如向道路方向彎腰的地藏王像，上上下下纏繞

⓫：梵文 Ksitigarbha Bodhisattva 漢譯，釋迦牟尼佛入寂後，到未來佛彌勒下生爲止的無佛之世，現比丘形度化六道衆生之菩薩，其本願爲「地獄不空，誓不成佛」。在日本更結合阿彌陀佛淨土信仰、民間固有道祖神信仰等，被廣泛崇信。

著五顏六色的破布條，感覺像眞人一樣。到處有用小石塊所做不規則形狀的堆積物，每一座都安靜無聲。一切恍如夢中。回頭一看，背後聳立著翠綠的山巒。蒸汽在四面從地下噴出，沿著長贅疣一樣的岩石爬升。每往高處走一段路，景色就跟著豁然開朗，然而天空則逐漸向晚。在一座小山頂上高大的地藏王像腳邊，阿姨坐了下來。

「你眞是走到哪裏就坐到哪裏，每一次都這樣。」

我邊說邊走向地藏。雖然還有很多話想要和她好好地說，現在卻覺得無所謂了。兩個人並排坐在一起，看著已經分不出遠近的暗灰色風景，任冷涼的山風吹拂，感到幸福異常。

「對啊，我喜歡坐著。輕鬆嘛。」阿姨說。

風中露出來的前額讓我回想起她年幼的樣子。

「我記起了爸爸媽媽的臉哦。」我說。

「……是嘛。」阿姨說。

眼神顯得柔和，看著烏鴉伸展黑色的翅翼翺翔。

「我以爲你會和弟弟一起來。」阿姨說。

「畢竟這裏，還是有血統關係的人來比較好。」我笑道：「不過，不久前我們都還在一起。另外，正彥也是。」

「喔，他眞的也追過來了。我連號碼都告訴他，到底是爲什麼我也不知道。」阿姨微笑道。

「你喜歡他嗎？」我問道。

「嗯，當然喜歡。」

「……那，你爲什麼又要躲他？」

「就算你再喜歡相撲力士（sumotori），但是能夠馬上成爲相撲部屋⑫的老闆娘嗎？」

「你這個比方，不會太過分極端了嗎？何況他現在已經不是高中生了。」

「是啊……那時他是高中生，認識他的時候。好快樂的一段日子呢。」阿姨微微歪著頭邊回想邊喃喃自語。「一天傍晚，我一個人在音樂教室彈鋼琴。由於彈得太過於專心，以致聽到敲門聲的時候，頭一抬才發現曾幾何時窗外已經全暗下來了。我說請進，他說

⑫：sumobeya，力士養成所。

了聲對不起然後走進來。」

天色轉暗，使得空中的藍更深了一層，只剩下西邊一絲殘光。彼岸的景色像影子一樣倒映在湖面上。

「我喜歡他的臉，所以，一直很注意他；而且我也喜歡他的歌聲。我們一起去喝茶時，他把校園裏面的鬼故事說給我聽，嚇死我了……他說他可以送我回去，所以我們就走公園那條路。在夜晚的樹林中他突然吻我，說他喜歡我。」

「哪有這種高中生。」我驚訝地說。太不像話了。但是阿姨不在意，自顧自地繼續說下去。

「……我太高興了。因爲喜歡他的樣子嘛。沒錯，我們就是從那一天開始的。」

「已經停不下來了嗎？」我再一次問問看。

「我很想這樣，總覺得有什麼不太對勁。不過，如今已經不會了；和妹妹一起站在這裏。」阿姨站了起來。「當年，理應看到的景色，現在終於看見了。其實我也並不特別在意有沒有看到，但卻覺得了無牽掛。眞想和他重修舊好。」

正彥的笑臉浮現眼前。第一次見面，一起吃咖哩、喝啤酒、搭電車，和我成爲好朋友的那名男子。

「喂，彌生，我們走下湖岸看看好嗎?那一片湖濱，聽說叫做極樂濱(Gokuraku-hama)。」

阿姨開始往前走，我尾隨著她。

沿石階一直走下去，就是一座古老的祠堂，在它的暗處隱隱然可以看見高大的地藏像，以及四周堆得老高的玩具、衣物和千羽鶴⑬。阿姨定定站在祠堂前，看著最裏面的地藏。面向安詳地垂下眼瞼的地藏像，阿姨把手伸進口袋，一陣叮叮噹噹從裏面取出一枚銅板，丟進祠堂中，發出清脆的響聲。然後把一隻手舉到臉前面，好像在說對不起一樣，就離開了那裏。阿姨轉頭看著一副想問她什麼的我，笑了笑。

「你聽過吧，『水子』⑭?」她說。

「畢竟這東西最讓人有所感應，我想不走就不好了。」

藍色的湖在羣山環繞中靜擁清澄的湖水。這時腳下的岩石地面轉爲細碎的白沙，在

⑬：senbazuru，祈福用的鶴形摺紙。

近晚的天空下模糊地顯影。眼前景象突然一開，只有堆積的石塔還能讓人想像地獄的痕跡。

「當眞像極樂淨土一樣美麗而安靜呢。」我說。

多寂寞的光景，甚至可以看到憑附在上面的神靈。開闊的湖濱，吹拂而過的冷風，輕輕晃蕩的湖水。遠方的天空中太白星正閃爍著。夜暗一步一步地籠罩下來，阿姨的身影都有些分不清了。然而此刻，我的姊姊確實站在這裏，和我一樣對著這凄美的風景在心中誠摯地合十默禱。

「好長的一段時間吶。」阿姨咬著牙說道。

是的，現在，有些事總算可以告一段落了。整個心好像被徹底洗淨了一樣。

「謝謝你來這裏。我實在很佩服你的行動力。」阿姨說。她垂下長長睫毛看著滿溢到岸邊的湖水，伸出和我形狀相似的手指掠掠額頭上的髮絲。「本來希望不要把你太放在

⑭：在日本的地藏信仰中，特別強調以地藏菩薩爲兒童、少年及產婦的保護神，並因其感應而作各種化身，「水子地藏」即救度夭折孩童之菩薩。

心上，後來我知道我實在是太在乎你了。你能夠想起以前的一切，我很高興。」

「我也是，這些天來，總覺得是和阿姨在一起，沒有分開過。」我說。

阿姨瞇著眼睛看我，然後呵呵笑起來說：

「你騙誰，根本都是和弟弟在一起嘛。」

沒錯，也和哲生在一起。好像從悠遠的夢中醒來般攜手旅行。

「嗯。」我點頭。「雖然很短，卻是不可思議的一段日子。」

那是，不可能重來一次的，貴重的，唯一。

「好一場旅行啊。」阿姨說道：「我已經沒事了。所以說呢，彌生，你可以放心回家去了。」

「嗯。」我答道。

該回家去了。教人煩惱的事情不但還沒有收拾好，今後更會有許多頭痛的狀況將要陸續發生。對於這些，我和哲生都不能不一一加以面對並設法解決。那無疑是幾近不可能的沉重負擔，然而我唯一能回去的地方只有這個家，此外無他。我如實地目睹了「命運」這個東西。不過，經歷這些並沒有減少什麼，反而應該說是更多了。我並沒有失去阿姨和弟弟，而是用自己的方式發現了姊姊和戀人。

風吹得更急了。就像天鵝絨幕的降下一樣，天空逐漸轉暗，而星星則一顆一顆地亮了起來。

彷彿要搜尋消失了的家族模糊的影像，我和阿姨一陣默然，站在原地，注視著漆黑的湖面，就這樣一直看著。

吉本芭娜娜重要作品年表：

年	月	作品	出版者	說明
一九八八	一	《*Kitchen*》（廚房）	福武書店	小說集。第十六屆泉鏡花文學獎得獎。書中收錄處女作〈*Moonlight Shadow*（月下陰影）〉、海燕新人獎得獎作品〈*Kitchen*〉及其續篇〈滿月〉。翌年〈*Kitchen*〉由森田芳光改編電影。九一年十月收入「福武文庫」。
一九八八	八	《泡沫／*Sanctuary*》（聖域）	福武書店	小說集。八八年年度文部大臣新人獎。〈泡沫〉提名第九九屆芥川獎；〈*Sanctuary*〉提名第一百屆芥川獎；九一年十一月收入「福武文庫」。
一九八八	十二	《哀愁的預感》	角川書店	中篇小說。九一年九月改寫後收入「角川文庫」。
一九八八	十二	《*Holy*》（聖夜）	角川書店	作爲耶誕禮物書而寫的短篇作品。

一九八九	三	《*Tugumi*》（鶇）	中央公論社	長篇小說。第二屆山本周五郎獎。九〇年由市川準改編成電影。九二年三月收入「中公文庫」。
一九八九	七	《白河夜船》	福武書店	小說集。收錄〈白河夜船〉、〈夜與夜的旅人〉及〈一種體驗〉，號稱「睡眠三部曲」。
一九八九	九	《*Pineapudding*》（鳳梨布丁）	角川書店	隨筆集。九二年一月收入「角川文庫」。
一九九〇	九	《*Fruits Basket*》（果籃）	福武書店	對談集。九三年四月收入「福武文庫」。
一九九〇	十二	《*N.P*》（*North Point*;北角）	角川書店	長篇小說。九二年十一月收入「角川文庫」。九三年獲義大利SCANO外國文學獎。
一九九一	一	《*Songs From Banana Note*》（芭娜娜愛唱歌集）	扶桑社	隨筆集。
一九九一	十二	《浮生》	學習研究社	隨筆集。

一九九二	三	《吉本芭娜娜訪談集》	*LITTLE MORE*	對談集。
一九九三	四	《蜥蜴》	新潮社	短篇小說集。收錄〈蜥蜴〉、〈螺旋〉、〈新郎〉、〈泡菜〉、〈血與水〉、〈大川端奇譚〉六篇。
一九九四	一	《*Amrita*》(甘露・不死藥)	福武書店	收錄作爲序章的短篇小說〈*Melancholia*(憂鬱症)〉和長篇小說〈*Amrita*〉兩篇。
一九九四	九	《夢的種種》	幻冬社	隨筆集。
一九九四	十	《忠狗的最後戀人》	*METALOG*	長篇小說。

吉本芭娜娜作品集⑧

哀愁的預感

著　者—吉本芭娜娜
譯　者—吳繼文
總編輯—林馨琴

董事長—趙政岷
出版者—時報文化出版企業股份有限公司
108019台北市和平西路三段二四〇號三樓
發行專線—（〇二）二三〇六—六八四二
讀者服務專線—〇八〇〇—二三一—七〇五・（〇二）二三〇四—七一〇三
讀者服務傳真—（〇二）二三〇四—六八五八
郵撥—一九三四四七二四時報文化出版公司
信箱—10899臺北華江橋郵局第99信箱

時報悅讀網—http://www.readingtimes.com.tw
電子郵件信箱—liter@readingtimes.com.tw
主　編—鄭麗娥
編　輯—黃嬿羽
校　對—周惠貞・高桂萍
排　版—凱立國際印刷股份有限公司
製　版—成宏照相製版有限公司
印　刷—勁達印刷有限公司
初版一刷—一九九六年二月六日
二版十六刷—二〇二二年十二月十六日
定　價—新台幣一五〇元

時報文化出版公司成立於一九七五年，並於一九九九年股票上櫃公開發行，於二〇〇八年脫離中時集團非屬旺中，以「尊重智慧與創意的文化事業」為信念。

Printed in Taiwan

ISBN 957-13-1933-3

哀愁的預感 / 吉本芭娜娜著 ; 吳繼文譯. -- 初
版. -- 臺北市 : 時報文化, 1996[民85]
面 ; 公分. -- (藍小說 ; 803)(吉本芭
娜娜作品集 ; 803)
ISBN 957-13-1933-3(平裝)

861.57 85000591

編號：AI 803	書名：哀愁的預感
姓名：	性別：________ 1.男　2.女
出生日期：　年　月　日	身份證字號：

________ **學歷**：1.小學　2.國中　3.高中　4.大專　5.研究所（含以上）

________ **職業**：1.學生　2.公務（含軍警）　3.家管　4.服務　5.金融　6.製造　7.資訊　8.大眾傳播　9.自由業　10.農漁牧　11.退休　12.其他

地址：________ 縣（市）________ 鄉鎮區 ________ 村 ________ 里

________ 鄰 ________ 路（街）________ 段 ________ 巷 ________ 弄 ________ 號 ________ 樓

郵遞區號 ________

（下列資料請以數字填在每題前之空格處）

________ **您從哪裡得知本書／**
1.書店　2.報紙廣告　3.報紙專欄　4.雜誌廣告　5.親友介紹
6.DM廣告傳單　7.其他 ________

________ **您希望我們爲您出版哪一類的作品／**
1.長篇小說　2.中、短篇小說　3.詩　4.戲劇　5.其他 ________

您對本書的意見／
________ 內　　容／1.滿意　2.尚可　3.應改進
________ 編　　輯／1.滿意　2.尚可　3.應改進
________ 封面設計／1.滿意　2.尚可　3.應改進
________ 校　　對／1.滿意　2.尚可　3.應改進
________ 翻　　譯／1.滿意　2.尚可　3.應改進
________ 定　　價／1.偏低　2.適中　3.偏高

您的建議／
____
____
____

請沿虛線摺下裝訂，謝謝！

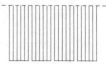

廣告回郵
北區郵政管理局登
記證北台字1500號
免貼郵票

時報出版
CHINA TIMES PUBLISHING COMPANY
尊重智慧與創意的文化事業

地址：108019 台北市和平西路三段240號3樓
讀者服務專線：080-231-705・(02)2304-7103
讀者服務傳真：(02)2304-6858
郵撥：01038540 時報出版公司

請寄回這張服務卡（免貼郵票），您可以——
●隨時收到最新消息。
●參加專為您設計的各項回饋優惠活動。

寄回本卡，掌握藍小說系列的最新訊息

揮發感性筆觸；捕捉流行語調─湛藍的、海藍的、灰藍的……

藍小說

無限馳騁藍色想像空間——無國界的小說新地帶。